牡丹

陳乃雄 著

渣子JAZ 插畫

目次

推薦序：寧靜盛開於一九三八的花

崑崙

我記得那是某個無聊的下午。

趁著能偷閒的時候上了PTT，想當個趁職的嘴砲鄉民，結果在Marvel板看到一篇被噓到ＸＸ的文。

這邊跟大家介紹一下，在Marvel板要被噓到ＸＸ不是容易的事情，可以說是達成某種驚人成就。因為Marvel板的鄉民基本上都滿客氣友善的，所以能被噓到ＸＸ的文不是故意來亂的，就是不知所云。

好奇之下我點進那篇被噓到ＸＸ的〈跟男朋友吃義大利麵〉一看究竟。

不看還好，看完真的是滿腦子「這到底是三小？」的困惑。那篇被噓到ＸＸ的〈跟男朋友吃義大利麵〉是連載小說，除了一開始的男友視角跟女友視角，後來竟然還出現義大利麵的視角。根據我鍵盤隔空診斷的鑑定，不管這個作者嗑了什麼，一定很純。

這個作者後來還寫了〈我們不冥婚，好嗎？〉以及〈變成貓的24歲〉，一樣是ㄎ一ㄤ爆，讓我懷疑說不定有濫用酒精的狀況。當時追文的我一再被逗笑，於是記下作者，就是寫了這本《牡丹》，叫作乃雄的傢伙。

身為一個低調內斂害羞閉俗的人，我鮮少主動與人建立交情。但因為乃雄真的很有趣，所以除了PTT Marvel板的發文，我還開始關注臉書專頁順便留言刷存在感，後來彼此會聊上幾句。

雖然乃雄常寫ㄎ一ㄤ文寫到無法自拔，但其實是能正經好好說話的，除了關注時事議題，對創作也很有想法，至少是有栽下去鑽研的那種人。

記得在某次深夜，同樣身陷趕稿深淵的我們在掙扎之餘，抓住喘氣的機會閒聊。聊著聊著不免想到目前卡關的稿子，便開始交換對創作的想法。

身為寫小說的人，對創作小說這件事難免抱持許多困惑。特別是坐在桌子前，一個人獨自與稿子奮鬥時，常會出現「這樣寫對嗎？」「這樣安排可以嗎？」「讀者對這部份的安排會喜歡嗎？」「這樣的情節會不會不夠有趣讓讀者失去興趣？」等等的想法，有一種拚命讓腦袋的馬達空轉，直到發出燒焦味的劇烈折磨感。

沒實際認真下筆過的人恐怕有些會以為，寫小說不過就是坐在電腦前配上一杯泡好的咖啡，對著鍵盤敲敲打打，小說就會像冷凍食品微波後那樣叮一聲完成，然後就可以送到讀者面前隨意取用。（我也希望能是這樣輕鬆愉快的事。）

但敲打鍵盤輸入文字不過是最基本的表象。寫作時的腦袋總是高速運轉，思考著是否緊緊抓住了核心概念、主線支線的構思、主角配角的安排、節奏的掌握、對白的拿捏收放……這些都是在腦袋中運作無法被看見的。

在這之外，更多的是要面對自我懷疑並推翻之，一步一步踏穩掙扎前行。

這可以說是一種相當孤立無援的狀態。即使一時能尋求他人的建議與看法，但最終回歸到寫作時，作者本身是處於絕對的孤獨之中，要在那不見邊際的黑暗迷霧中獨自摸索，既沒有地圖也沒有指南針，沒有正確或錯誤。幸運的人可以看見遠方的燈塔有個遙遠的方向，但更多的或許是僅僅憑著腳下隱約可見的踏足點，一點一點摸索，構築出故事的雛型，填入血肉和骨並來回反覆修整，直到文字與段落茁壯完整了全篇故事，直到完稿的解脫。

關於寫小說的事，我是這樣想的，乃雄大抵也同意。

幸運的是我們沒有被那份不斷糾纏、生長於呼吸之間的懷疑給擊垮，一直能持續創作。這部《牡丹》就是乃雄歷經各種短篇與連載的修煉後，所誕生的一部作品。

乃雄本身是攻讀日本文化的研究生，《牡丹》以她專攻的日治時代為背景，寫一段男女情愛與家族糾葛。讀著讀著，彷彿也跟著回到那時的台灣，其中所穿插的真實歷史事件，沒有讓角色之間的愛恨情仇變得渺小，反而更顯真實。讓人在讀著的時候發現，原來在男女主角放閃的時候，歷史正發生這樣的事情。

儘管如此，《牡丹》並非歷史小說，乃雄另有其他安排。從PTT Marvel板發跡的她加入吸血鬼這個元素，讓這個距離現在有幾分遙遠的故事，多出幾絲奇幻色彩，看起來更是神祕，卻也容易想像。經過電影的洗禮，吸血鬼的諸般形象早已經深植在人的腦海中，乃雄順勢操作，不玩驚天動地的翻轉，只是在鬼的形體之外多加幾分人味。吸血鬼或許是冰冷的，但情感的溫度不分物種。

至於書中所描寫的女性的無奈，無論時代更迭，似乎是自古皆然。嫁雞隨雞嫁狗隨狗這樣一句人人聽過的成語，戲謔地道出女性的弱勢處境。身為女性，乃雄更是切身體會那些不公平，是那樣血淋淋且真實，使她能精準從女性的視角出發，去描繪主角牡丹的遭遇。

——嫁給鬼的新娘。

倒楣的牡丹有個嗜賭成性的不成材父親，欠下太多賭債，所以賣了牡丹還債。這是耳熟能詳的故事，女性被視作物品買賣或作為抵押。乃雄大概也是注意到了這點，才故意作此安排，去強調女性的悲哀無助。

這看上去其實很毛骨悚然。先不論為了償還賭債賣身，牡丹無法選擇夫家這件事相當荒謬，婚姻不是像手遊刷首抽可以輕鬆重來的事。偏偏那時候，不，甚至直到現在都已經西元二〇二〇年了，一定還有女人無法為自己作主，要被迫任憑擺布吧。

幸好乃雄給了不算差的安排。小說畢竟還是小說，無法比現實更荒謬。

至於主線中的復仇之路，再一次演繹了人始終比鬼可怕的這個道理。人的形貌有千百萬種，有賭博成癮六親不認的人、有被利益蒙蔽雙眼而設局的人、有沉迷修道卻幾乎入魔的人、有探究真理而遭其反噬的人、也有苟且偷安不願意面對現實的人……這些人混雜而成的眾生相，看起來與群魔亂舞無異，在故事中放肆交織、糾纏作弄，至死方休。

可惜在巨大的時代之輪底下，人都要像無力的螻蟻被輾壓，融進胎紋成為歷史的一部分。或許被銘記，或許無人知曉。我喜歡《牡丹》的結尾，礙於洩漏劇情走向無法說破，只好先說，讀了有股詩意般的飄渺。

另一個令我相當喜愛的部份則在故事的末段，那些精心構築的文句讀起來都像歌，乃雄以一種歌般的方式去敘述，像有人在櫻花飄落的池邊低聲吟唱。這是既寫小說也寫歌的乃雄獨有的風格。

一路看著乃雄的作品，她持續在改變在精進，越來越顯現出專屬於她的文體。不過我想，我們還是要持續為了創作而困擾不已吧。這是身為作家既痛苦卻又幸福的煩惱。

差點忘記了，還有一些出於我個人主觀的小碎念，《牡丹》既然有吸血鬼又有男女情愛，或許會讓人想到《暮光之城》，但實際上是不同性質的故事。因為這個故事沒有備胎狼人、女主角也不是面癱、更沒有令人尷尬癌末期就地暴斃的親友打棒球橋段。對此感到恐懼的讀者大可以放心閱讀。

更重要的是男主角有固定洗頭的習慣，真是謝天謝地。

說到這邊已經有點長了，不耽誤你享受閱讀的時光了。淨空你的腦袋，放輕鬆呼吸，進入一九三八年的台灣吧。

一

一九三八

牡丹躲在路邊的招牌後看著被警察大人抓進派出所的阿爸。

那天的天空湛藍，悠閒的雲朵輕柔地停在空中，一九三八年的台灣在日本總督府統治下，進行著一連串的現代化改革，但在平民生活的街庄仍舊瀰漫一派傳統悠閒的氣氛。陽光照進紅磚造的騎樓，樹影扶疏的樹下立著小小的土地公廟。帶著軟帽的老人坐在巷子的板凳聊天，一位老婦在街邊的矮樓梯上喝著街邊小販賣的楊桃汁，小販的旗幟在微風之下輕輕飄揚。但牡丹沒空感受這一派悠閒的氣氛，她耳邊的鬢髮與翡翠耳環隨著微風的吹拂飄逸著。一心想著阿爸要是被抓進派出所拘留個二十九天，全家就準備餓死了。

正當她絞盡腦汁思考著要如何救出阿爸時，忽然一個撐著黑傘，一身著白襯衫西裝褲，清秀臉龐毫無血色的男子蹲在她旁邊。男子穿著有些寬大的衣服，微風吹著稍寬鬆的長衫不斷擺動。

「姑娘，有什麼煩惱嗎？」男子微笑歪著頭問牡丹。

不知道何時出現的男子讓牡丹嚇了一大跳，但牡丹隨即鎮定地繼續往派出所的方向望去。

「請問如何稱呼？」牡丹盯著派出所的方向，隨口問著。

「春生。」男子格外蒼白的臉笑著，感覺有點邪，眼角皺在一起，牡丹觀察到他眼頭有顆小小的痣，「看來姑娘是想救剛剛被抓進去那位大哥吧。」

牡丹沒有理會他，她聽阿嬤說過大白天撐傘的男人都不可靠。甚至可能是鬼，這個街庄至今還流傳著後山林少爺的傳說。說早已變成活死人的林少爺不時都會拿著傘出沒。不過牡丹倒覺得這是騙小孩子的傳說，只是如今看見這名拿著黑傘的男子，又再度想起了這個傳說。

她瞥了那撐傘的男人一眼，沒回應他的猜測，決定先回家晚上再想辦法看能不能用酒賄賂貪杯的田中大人。

「姑娘，還沒問妳芳名。」撐傘的男人遠遠地叫喚著牡丹。

牡丹腦子一團混亂，心煩意亂頭也不回地走掉。

牡丹是張家的長女，本來她會叫做招弟或是罔市，但在祖母的堅持之下，取了個這麼豔麗的名字，雖然總有人揶揄牡丹像是遊女的花名，也有人認為只有下女會以花為名，剛開始街坊總是閒來無聊碎嘴個幾句，但看著牡丹一天天成長後，經歷過喪母而長成獨立堅強的個性，鄰居們多是心疼，也再沒人會拿她的名字開玩笑。

牡丹回到斑駁破舊的家裡，看見祖母默默坐在門口板凳流淚就知道有人回來報信過父親又被抓進警局了。

「阿嬤，免煩惱啦，我晚上拿點酒去孝敬警察大人就好啦。」牡丹拿出手巾擦擦祖母的眼淚，隨即到廚房準備晚餐，等從公學校放學的弟弟元山待會就能吃飯了。

「唉，阿母死得早，阿爸又沒用，真是歹命的孩子。」看著牡丹忙碌的背影，祖母嘆了口氣。

隨著夕陽西下，天色漸暗，皎潔的滿月銀色的光灑進整個山林。

遠方不知哪裡傳來月琴彈奏的聲音，伴隨著民家的炊煙，融解在剛入夜的晚風之中。

草草地吃完了晚飯，牡丹連忙著跑去跟隔壁鄰居春嬌嬸借酒。春嬌嬸是位身材肥胖的婦人，與愛說大話的陳叔是對每日吵吵鬧鬧卻感情甚篤的夫妻，兩人婚後過了許久才有長男正雄的出生，因此剛開始嫁入陳家的春嬌嬸總是將牡丹當成自己的女兒般關愛。

「阿嬸，多謝啦。」牡丹小心翼翼地捧著酒，不斷道謝。

「哎呦，叫你阿爸不要再賭囉。」春嬌嬸搖搖頭，「唉，快去派出所吧。」

牡丹趕緊點了點頭，用花布包起酒瓶，往派出所前進。

沿路牡丹看著他人家閃爍燈火中，母親女兒忙進忙出，整家人圍著圓桌用餐的景象，內心暗暗地羨慕著。在她的記憶中，母親的臉是模糊不清，或總是重疊著祖母或春嬌嬸的面容。晚風吹亂的紺色髮飾紮著髮絲，牡丹回過神來，搖了搖頭，繼續小心地捧著酒往派出所走去。

到了派出所，牡丹小心翼翼地推開門。

「大人，我是張金發的女兒，這個是給您享用的。」牡丹以生澀的日文說道，遞出手中的酒給警察田中。

「啊，好啊、真好。」值班的警察田中一接到酒，嚴肅的表情立刻變得笑容可掬。

「如果……可以的話……我父親他……。」牡丹以豐富的表情暗示著田中。

「啊！」田中看著牡丹，佯裝副正氣凜然的樣子點點頭，「叫妳父親不要再賭了，下次再被抓可不是這樣。」

隨後不久，牡丹父親張金發就被釋放，任憑金發怎麼道歉，說自己也是想翻盤讓他們過好日子，牡丹已經氣得不想再看老爸一眼。邁入中年的金發開始微微發福。從前的他也曾經與妻子經營著生意不錯的小本生意，但妻子過世後，他開始一蹶不振，不願認真工作，流連賭場成天想著一步登天。在這幾年之中不知輸了多少。但任憑家人、周遭所有人如何勸戒，金發卻依然像灘爛泥般不為所動。

「哪天被你賣了都不知道。」牡丹狠狠地瞪了老爸一眼，又自顧自地走在前面。

「怎麼會賣我們家最賢慧美麗的牡丹呢。」金發追上牡丹的腳步油腔滑調地笑著說。

月色皎潔，打落在牡丹潔白的後頸上，而遠處有個拿著傘的人正從遠方望著這對賭氣的父女。

不過就在金發許諾不會將牡丹賣掉的一個禮拜後，喝醉酒的金發偶然在遲暮的市街上遇見一名撐著黑傘的男子。

「こんばんは，張桑。」男子溫文儒雅地對金發打著招呼，「請問多少錢能夠買到令千金的生辰八字呢？」

「什麼意思？」金發漲紅著臉，糊裡糊塗地靠在街邊的亭仔腳。

「意思就是，在下想向您提親。」男子笑了笑，眼角皺了起來，「當然，這是見面禮。」男子一隻手攙扶著金發，待金發勉強站穩後，男子自口袋掏出一疊鈔票，「聘金的事情，我們再詳談，可否？」

金發愣愣地看著男子手中的鈔票，又看了看男子，「不，不賣女兒，我不賣女兒。」

「沒關係，拿著這些錢，好好思考幾日，我會再來詳談的。」男子輕輕地將鈔票交到金發手中，「那在下先告辭了。」

金發怔怔地看著手上的錢。

「想請問先生大名？」金發對著男子的背影大喊。

「在下林春生。」男子轉身，對著金發點了點頭，隨即翩然告別。

這些錢，就能給牡丹多買些白米了吧。

金發興沖沖地回到家裡，隨口說了這是自己今日做工的收入，將錢交給牡丹，自己留了一些。

牡丹置了一桌料理，全家人開心地吃喝著。

看著牡丹開心笑起來的樣子，像極了她過世的母親，金發想起亡妻，暗自在心中神傷了一會，又想著，若能讓牡丹置辦像樣的嫁妝、有個好歸宿，讓她一生如此粲然地笑著該是多美。

也許自己不該繼續如此失志，該好好工作，給牡丹，也給元山一個好的未來。

然而金發這樣的決心並沒有持續多久，當賭場掮客再度帶著冰涼的楊桃汁找上金發時，金發依然不敵掮客的遊說，拿著那名叫做林春生的男子所給的錢踏進賭場。

從賭場出來時，金發欠下比之前更多的債務，連日不敢回家，在市街躲躲藏藏地過了好幾天。

在躲藏的第三天子夜，月明星稀的市街上，金發正想偷偷摸摸回家時，被追債的人看見，連忙躲進巷弄之中。

「こんばんは，張桑。」黑暗的巷弄中，那名叫做林春生的男子氣定神閒地朝著金發走了過來，這次他沒撐著黑傘，俊秀的臉在夜裡更加顯得慘白，「張桑看起來好像需要幫忙。」

「救我，救我。」金發抓著春生的手不斷發抖，春生的手卻意想不到地冰涼，但此時金發已經管不了這些了，「他們說這次找到我，要剁了我的手指抵債……林……恩公，你要什麼條件我都願意……。」

「把女兒嫁給我也願意？你知道我是誰嗎？」春生反問著金發。

金發愣了愣，連忙清醒過來，對著春生搖了搖手拔腿就跑。春生輕笑了一聲，緩緩地跟在金發身後悠閒地走著。夜色中，交錯的腳步聲在空蕩的市街上迴盪著，商販破爛的旗子也隨著夜風吹拂而擺動。

就在金發躲避著追債人悄悄移動的同時，不小心踩到身後掉落的瓦片，發出破裂的聲響。在格外安靜的夜裡就像根針般突兀，追債人們聽見聲響連忙跑過去包圍著金發。

「金發啊，真會跑啊，這次你想切哪隻啊？」追債人氣喘吁吁的將金發逼到牆角。

「再寬限幾日，拜託啊，我一定會籌到錢的。」金發跪在地上邊哭邊求著。

「你這個奧賭鬼，你真以為我們這次會放過你？」其中一個追債者走上前踹了金發一腳。

「別跟他說這麼多了，喂，張金發，手給我伸出來。」他們幾個人按住金發，一人扯著金發的手，將手指掰開貼在地面。

「拜……拜託啊……。」看見對方拿出明晃晃的小刀時，金發此時的恐懼已經到達頂點，嘶聲大喊，「救人啊！救人啊！我什麼會都答應的，救人啊！」

正當追債人舉起刀子，要砍向金發手指時，傳來一陣笑聲。

「是誰？」討債者的刀子舉在半空，轉頭往後，看見一名臉色慘白的男子從後面牆角走出。那名男子緩緩走來，拿出一疊鈔票，蹲在地上看著與壓制著金發的人以及提著刀的人面面相覷。

「請問，那隻手指怎麼賣？」春生環顧了所有人，面帶謙和笑容問著。

「你是要替這奧賭鬼還錢？」舉著刀那名追債著挑了挑眉問。

「不知道我有沒有這個榮幸替張桑還錢呢？」春生將頭靠近金發，金發不敢直視春生，便別過了頭，「看樣子好像沒有，各位大哥，失禮，大哥繼續吧。」

追債者們識破春生的把戲，見春生手上那疊厚厚的鈔票，想來回去也好交代了，也樂於配合，於是舉起手上的刀，繼續往金發手上砍去。

金發眼見刀尖就要落在自己手上，終於什麼都再也不管了，瘋狂掙扎大叫著。

「我願意！救我！」金發眼淚鼻涕流得滿臉，狼狽不堪地大叫著。

春生瞇起眼睛滿意笑了笑，「那請容我叫您一生丈人爸，也請您叫我一聲女婿吧。」

「女……婿……。」金發咬著牙，勉強地唸出了那兩個字。

「那這些錢就交給各位大哥了，請各位大哥放我丈人爸一馬。」春生站了起身，將拿在手上的錢交給討債者們，又另外拿出一疊鈔票，「另外這邊請各位大哥為我做個見證，如果丈人爸悔婚的話，也請各位大哥為我作主。」春生邊將錢遞給討債者們，邊斜眼笑瞇瞇地看著金發。

金發跌坐在地上，身體還是止不住發抖。

他想起牡丹那天的笑容，就這麼葬送在自己手裡了。

不會的，這姓林的少爺看起來是好人的，金發拚命安慰著自己的良心，他畢竟也替自己還了錢，一定也是有錢人，牡丹嫁進這樣的有錢人家，也會過著錦衣玉食的生活吧？一定也會幸福的，金發慌亂的腦中不斷地這麼洗腦著自己。

待討債者紛紛離去後，春生與金發坐在路邊的台階上。

「你為什麼執意要娶我女兒？」金發低著頭頹然地問春生。

「賣了自己女兒之後才問原因，你真趣味。」春生撐著頭看著困頓不堪的金發，裝作同情的樣子，卻又忍不住笑了出來。

「很好笑吧，我們牡丹有這種阿爸，很好笑吧。」金發掉著淚，沉痛萬分地說著。

「原來你還想著牡丹啊。」春生沒有回答金發的話，只是輕輕的點了點頭，「別哭了，快回家吧，我改日會再來找你拿阮牽手的生辰八字。」

正當春生轉頭要走時，金發冷不防地抓住春生的手，這才終於注意到他的手不合常理的冰涼。

「怎麼了？」春生迅速抽回自己的手。

「你會好好對待我們牡丹吧？會吧？」金發哀求似地問著春生。

「至少不會像你一樣賣了她。」春生邊冷笑著回答完金發，便轉身離去，「勸你是快點回家，雖然你已經沒資格當人阿爸了。」

看著離去的春生在夜晚中拖著長長的影子，金發的後悔無以復加卻又無可奈何。

如今金發終於能回家，但他不敢回家，又在外晃蕩直到傍晚，才終於下定決心，當他灰頭土臉地回到家，老母親見到他劈頭就是一巴掌。

「你是跑去哪裡了？牡丹找你找了多久？是不是在外面又惹了什麼代誌？」面對老母親氣得發抖的樣態，金發後悔莫及，他連忙跪下認錯，被母親訓斥一頓之後，金發悄悄地走到附近溝邊，看著洗衣服的牡丹，卻不敢跟她說話。

他已經將自己的女兒賣給別人了。

那個妻子曾經疼愛備至的，可愛的女兒就這麼被自己賭掉了。

在她母親死後，她一個人撐起妻子的所有事情，堅強地過了這麼多年，沒想到卻因為自己的糊塗，如今即將不明不白地嫁給一個素未謀面的男人。

洗著衣服的牡丹感覺到身後的視線，轉身看見好幾日未歸的父親正站在榕樹後看著自己。

「阿爸！」牡丹放下手邊的衣服，朝金發走了過來。

「牡丹……。」金發怯怯的看了牡丹一眼。

「這幾日你是去了哪裡？」牡丹看著灰頭土臉的金發質問道。

「阿爸我……別說這些了，妳洗衣服吧。」金發扭頭轉身喪氣地跑回家。

牡丹看著跑回家的父親，嘆了口氣，轉身繼續回到溝邊洗衣。

河邊的夕陽照著榕樹下的溝邊，牡丹看著遠方的山與夕陽，想起母親健在時，兩人也曾一同浣衣，看著一樣的風景，如今依舊是如此平靜，絢爛地染著天邊的雲彩如夢似幻，像母親曾在的許多日子，母親卻又真實地離去，牡丹深深吸了口氣，忍著悲傷振作起精神繼續洗著衣服。

而就在金發安穩了幾天，夜晚坐在街口乘涼時，春生又再次造訪金發。

「我是來拿阮牽手的生辰八字的。」依然是彬彬有禮的語氣，但卻讓金發頭皮發麻。

於是金發在遞來的紅紙上隨便寫了個生辰八字，暗自思望算命仙說這兩人命運不合，與許牡丹就能夠不用嫁給這個人。

「不過也就是走個禮數，不用想這麼久。」春生爾雅地笑了出來，「我是留學的，其實沒有在相信這種事情。」

金發拿著筆的手顫抖著，草草寫完便丟下紙筆。

「過幾天，我會找人置辦令千金嫁妝的，」春生伸出潔白修長的手指撫摸著金發不斷顫抖的雙手，裝出誠懇的樣子看著金發，「完婚後，我會好好對待牡丹，不會讓她再因為誰手指要被剁就被賣掉的，阿爸。」

語畢，春生像是覺得很有趣似地仰頭大笑了一陣才優雅離開，夜晚的風吹著樹木沙沙晃動，在月光的映照下，金發頹然地坐倒在地上，與土地，與自己的影子融成一片。

二 鬼宅新娘

舊曆五月十三，城隍廟祭典，鑼鼓喧騰，沿路遊行的大神尪、舞龍舞獅前進著，人人手上拿著香，整條街沸騰著，神轎旁的大燈籠寫著平安字樣跟隨，戴著斗笠的小販在擁擠的街上穿來往復叫賣著，牡丹提著一籃供品在熙來攘往的人群中走向廟的方向。

牡丹跨過廟門的檻，放好供品點了炷香，香爐的香煙過於濃厚，以致牡丹看不清神明的尊容，即便如此，牡丹依然跪在跪墊上虔誠祝禱自己一家人能夠平安。廟頂螺旋狀的香環裊裊飄散著煙，香的氣息像是凝固在這棟建築之中。

正當牡丹低著頭默念家人生辰時，天空開始滴落雨滴，一滴一滴滴在廟的中庭，牡丹聽見雨聲轉頭往廟外一看，廟外竟下起傾盆大雨。

大雨降落在地上泛起一陣水霧，戶外遶境的人們爭先恐後的跑進廟裡躲雨，牡丹看著跑進廟裡的人群，連忙從跪墊站起身，但湧進廟裡躲雨的人數眾多，牡丹從簷廊被推擠到中庭，就在她被推擠、差點往香爐跌去時，一隻手拉住了她。

在滂沱大雨的茫茫香火煙霧中，牡丹看不清對方的容貌，雨滴潺濕了她藍色衣衫肩膀的部分，拉住她的是一雙冰冷的手，緊緊抓著她將她拉上簷廊。

牡丹站穩後，看見眼前剛剛拉住她的是一名臉色蒼白，拿著一把細長黑傘的男子，感覺有點面熟。

「牡丹小姐，妳好。」男子對牡丹頷首。

「你是……那天在派出所前面的——」牡丹想起了對方是那天在派出所前跟自己搭話的人，含蓄地與對方道謝，「多謝。」

「牡丹小姐今天也來參加遶境啊，真巧，有什麼想求神明的事情嗎？」雨的聲音讓牡丹有點聽不清對方的話，牡丹疑惑地往前靠近了一步，男子又再覆述一次，牡丹點了點頭。

「求平安而已。」牡丹看著從屋簷滴下的雨水，微微一笑。輕輕的風吹起她被雨打溼的髮絲，她的笑容一半在建築的影子中，一半在屋外的光之下，男子看著她的笑容愣了一下，「先生有想要求的事情嗎？」

「我今天是來見未婚妻的。」男子笑了笑。

「是嗎？真不巧下雨了。」牡丹撥開額前微濕的頭髮。

男子沒說話，只是與牡丹一同看著城隍廟中的雨景，香灰在雨中像是白雪般紛飛，輕輕落在牡丹的前髮上，牡丹卻渾然不知地望著中庭落下的大雨。大雨落下的聲音與吵雜的人聲交織，而男子則低下頭輕輕摘下牡丹頭上的那片灰白香灰，牡丹抬起頭輕輕地點頭道謝，在簷廊落下的雨景之中，兩人沉默地度過了這個時刻。

漸漸地雨勢漸弱，男子將傘交給牡丹，便走進人群中，牡丹正要追上去道謝時，男子早已不見身影。擁擠的人潮又再度回到下過雨的路面，路面變得泥濘不堪。

牡丹回到家，只見金發臉色發白，站在門口。

「阿爸，怎麼了？」牡丹邊收起傘，邊走進家門，卻看到放滿桌子的籃子裡，裝著綢緞、金簪、手環、指環，以及肉類糕餅等等。

「阿爸，你又做了什麼好事？」牡丹看著這些像是娶親的禮品、衝到門口質問金發。

「牡丹啊，阿爸對不起妳……。」金發雙膝一軟，抓著牡丹的手。

牡丹看著父親這一連的動作，連忙憤怒地將父親拉起。

「你給我好好解釋。」

「那天阿爸欠債，躲了好幾天，有個少爺就說想要娶妳……幫我還清了錢。」張金發一臉害怕地說著，「可是剛剛媒人婆送文定禮來時，說……說這要娶親的林少爺……是後山的……。」

「然後你就收了人家的東西？」牡丹氣到臉色發白，「你還說你不可能把我賣了！你居然賭博賭到賣女兒了！」

「牡丹啊，原諒阿爸啊，阿爸也只是想那個少爺感覺很有錢，想讓妳過好日子而已。」金發抓著牡丹的手，卻又再次被甩開。

「不要再騙了，你已經賭到不是人了。」牡丹憤怒地掉下一行淚。

牡丹祖母聽到牡丹與金發的爭吵，踉蹌地走到前庭，聽見發生的事情差點暈過去。

「張金發你是起肖了嗎？你怎麼能做這種事情……。」老太太一面捶打著金發，一面哭著。

「聘金給我交出來，你這種阿爸我也不要了。」牡丹氣得開始翻找金發的衣服，「我把錢拿去還人家……。」

「不行的……如果反悔，那些人會再來的……。」金發想起那天，全身顫抖地說。

牡丹仰著頭絕望地哭著，她邊哭邊死死瞪著自己父親，那筆錢是扼殺她一生的錢，也是讓她與父親恩斷義絕的錢，看著坐在地上，自己沒用的父親，牡丹不知道這是不是自己的宿命，她的眼前變得一片漆黑，明明確確實實地睜著眼，但卻像從此之後再也看不見明天。

「你居然把女兒嫁去鬼仔厝……沒關係，我這就去跟後山林少爺結婚，嫁到鬼仔厝總比有你這款阿爸好。」牡丹絕望地深吸一口氣，拿起桌上那些文定禮，將金飾穿戴在身上慘然笑著，「這就是你想要的吧，是不是？」

「不是，牡丹，我們帶著這些，拿去典當，逃到別的地方……。」金發看著牡丹手中閃閃發光的金飾，刺眼的就像是刺著他的良心。

「逃到別的地方讓你繼續賭嗎？」牡丹將手上的金飾湊到金發眼前，「再有一次，你還是會去賭的。」

金發無法辯駁，只好低頭不語。

牡丹拿了放在桌上，貼了生庚二字的紅綢，輕輕揭開，緩緩走到神明桌前，點燃兩炷清香。

「張家祖先在上，」牡丹回頭看了看哭泣的祖母及頹然坐在地上的父親，深吸了口氣，「今日子孫張牡丹與林家……林春生文定，特來稟報，望祖先保佑，一切……順利……。」說完這短短幾字，牡丹已泣不成聲。自己求神拜佛永遠都是祈求家人能平安順利，誰知今日第一次為自己求個什麼時竟是這種事情。

窗外的雨停了，細長黑傘斜斜立在門邊，除了這個家女人們的哭泣聲，安靜得好似這個世界從來就不曾有聲音。

又過了段時間，張家陸陸續續的又收到琳瑯滿目的納采禮及納幣，也終於收到了請期親迎書及請期禮書，決定了明年來春時舉行婚禮。

牡丹生活過得像是沒有發生這件事情前的平靜，但自此也沒再與金發交談過。

她常看著遠方的山，總是想著若是母親還在是否會跟現在際遇相同呢？小的時候，母親帶著年幼的牡丹一同去吃喜酒時，牡丹總是希望像那身紅袍之中的新娘一般美麗地出嫁。但人生的現實總是如此歪斜。在母親離世後，她的人生就像離了樹的枯葉般，隨著亂風飄零著，不知道人生究竟是為了什麼而活著。

冠禮當天清晨，牡丹獨自帶著香燭走在村子郊外的一座橋去。清晨煙霧瀰漫，路上有些泥濘潮濕，牡丹緩緩地走著，冬日冷冽的風吹在臉上有如刀割，她卻是淡然地向前走著。橋的另彼方，有個撐著細長黑傘的人從另一端走來。

「牡丹小姐，妳好，又相見了。」

牡丹一眼就認出這是城隍祭典當天借傘給她的男子，連忙點了點頭打了個招呼。

「你好，謝謝你那天的雨傘，我……我回去拿還給你好嗎？」牡丹有點著急地說。

「沒關係，一把傘而已。」男子輕輕一笑，阻止牡丹跑回家。

「那天，有順利見到未婚妻嗎？」牡丹試探性地問。

「嗯，託您的福。」

牡丹與男子從橋上看著遠方的山的風景。霧氣瀰漫著遠方靛色的山林，如水墨暈然著，雲朵柔軟擺動著，像圓舞曲般，不時纏繞不時分離，若即若離地變化著。

「其實我要出嫁了。」牡丹忽然幽幽地說，「但我從沒見過未婚夫。」

「是嗎？或許在什麼地方見過呢？」男子歪著頭問。

「若對方能跟您一樣是個好人就好了。」牡丹對男子無奈笑著。

「會的。」男子對牡丹點點頭，「一定會的。」

「承您吉言。」

兩人又聊了幾句，男子與牡丹互相告別後，牡丹在路邊採了一束野花，到城郊母親的墓地前。拔除雜草整理乾淨後，點起香燭，將鮮花插進花瓶中。

「阿母，我要嫁人了。」牡丹話未說完，淚已流了兩行，「阿母，妳不在後，我照妳說的，努力照顧家裡。」

「阿母，妳有聽見我嗎？」

「妳在那邊過得好嗎？妳有想我嗎？」

「阿母，我會好好過的。」

牡丹怔怔地在母親的墳前看著那墓碑上的字，母親不識字，堅持讓她讀完公學校的課程，並沒有因為她是女生而有所差別。母親總是告訴牡丹，女人要堅強、女人要堅強才不會被人欺負、被人看不起。想起與母親相處的點滴，如今，母親已長眠於這片土地之中，再也無法相見、再也無法教導牡丹關於人生各項難題。在清晨的大霧中，牡丹看著旭日自山邊升起，照進大霧、照進身旁整片菅芒之中，她分不清是刺眼的光芒還是悲傷使自己淚流不止。

上午的冠禮，牡丹坐在凳子上面對著門口，由弟弟拿著梳子梳了她的頭髮三下。

「阿姊……。」元山緩緩地將梳子交給牡丹，牡丹輕輕接著那柄梳子。

鄰居的春嬌嬸以及牡丹祖母將牡丹帶入房內盛裝打扮。

「沒想到這天這麼快啊。」祖母幫牡丹穿上精緻刺繡的衣裳，「那天這孩子剛出世，我才拿著她的八字給先生寫命造呢。」

「是啊，過得真快啊。」春嬌嬸幫牡丹梳著頭，「牡丹出生那天我才剛嫁來沒多久，也來幫忙了，就像是昨天的事啊。」

塗上脂粉的牡丹，顯得格外明豔照人，祖母看著牡丹的容顏，感到又自豪卻又感傷，最後嘆了口氣，緩緩幫牡丹戴上了鳳冠。

「出去拜神拜祖先吧。」祖母拉著牡丹冰涼的手，走出了內堂。

牡丹走到客廳，拜了天公、三界公與諸神，對著父親金發與祖母敬茶，長輩飲畢，牡丹再拜神明後，旋即回到布置好搭滿紅綢的房內。走路時搖晃的珠翠耳環，冰冷地觸碰著肌膚，陽光照射入昏暗的室內，映照著牡丹憂鬱的側臉。

回到房間後，看著寫著雙喜、百年偕老的字樣的紅綢，牡丹失神的看著窗外，在陽光照射下充滿生機、閃閃發光的世界。牡丹環顧著四周，感覺自己即將被這紅色世界吞噬，不再屬於那充滿光明的世界了，也許這也是身為女人，一生的宿命吧。

元旦，黎明起各鄉鎮各街市沿街施放爆竹，人們紛紛換新了家門春聯桃符，櫥櫃、箱子上也貼上了呈祥的對句，忙進忙出地為了準備新年節慶的用品。

牡丹在剛過子夜時，端著糖水與茶粿放上在門口的桌上，元山興奮地在門口點燃了爆竹，連忙跑走，牡丹祖母點燃了香，分給張家所有人，人人懷著不同的心事與夢想，誠心地向夜空敬拜。香與燃燒紙錢的煙冉冉飄上空中，帶著人們的祈願來到新的一年。

祭拜完，鄰居紛紛聚在一起互相道賀新年，牡丹拿了個偷藏起來的粿塞給元山，元山開心地接過。

「多謝阿姊。」元山躲在牡丹身後偷偷吃著，面對鄰居互相道賀他顯得有些害羞。牡丹看著元山，摸了摸他的頭，她想著若自己出嫁了，元山不知道該怎麼辦。今後，還有村人們知道這件事後，元山該怎麼面對閒言閒語。

「元山，阿姊帶你出去晃晃好嗎？」牡丹蹲下身牽起元山的手問。

「好啊。」元山開心地點點頭。

於是牡丹就拉著元山到附近的媽祖廟拜拜，新年夜裡各處迸滿紅色燈籠，家家戶戶祭拜著，到處都充滿了燒香燒紙的氣味，牡丹看著弟弟小小的身軀虔誠敬拜的姿態，又想到分開在即，忍不住落了一滴淚，她拿著香走到桌前的跪墊上跪下，對著在香火之後有如迷霧深處的媽祖像祈求著弟弟未來的平安康泰。

「阿姊，妳哭了嗎？」元山拿著香走來看著牡丹，伸出小小的手指擦去牡丹臉上的淚滴。

「阿姊沒哭，是被這裡的煙熏的。」牡丹笑著摸摸元山的頭，站了起身，領著元山把香插進香爐中。

元旦如畫的夜晚之中，牡丹帶著元山沿著種滿柳樹的橋邊走回家。途中邊聽著弟弟說著公學校裡發生的事，也邊遙想著未來。明年的此時自己會在哪裡呢？是否也能再看見如此的燈火與風景，還能再聽聽元山說著這些日常嗎？她回過頭望著闌珊燈火，廟口的人們正絡繹不絕地來來往往，帶著新的一年的期望，而她的心中卻像塞著塊棉花般透不過氣，遠方的燈火閃爍，那明亮卻無法照進她心中，只能從遠方希冀著那虛幻的美好。

牡丹不自覺地想起之前借她傘的男子。

那個人應該也要結婚了吧？與自己不同的是，對方感覺是盼望著婚姻的吧。自己……想起後山那座巨大的古宅，那座整個庄里最有名的林家鬼屋，神出鬼沒的林家少爺時，心中便充滿了不安。夜風吹拂著柳樹，樹枝飛揚著，街邊的燈籠散發著紅光，映照著牡丹略帶憂愁的表情，那倒映在牡丹眼中紅色，就像一把火即將將她燃燒殆盡，吞噬於黑夜之中。

在忙碌的新年匆匆過後，緊接在後的是元宵節。元宵當天，牡丹從小到大的手帕交照子約了牡丹一同去賞花燈。在牡丹剛忙完上午的祭祀時，照子已經到牡丹家等著她了。照子是個明亮清秀的姑娘，愛笑的臉上總是散發著歡快的氣息。

「阿嬤你好，甲飽未？」照子提著竹籠*而來，親暱地與牡丹祖母招呼著。

「照子啊，進來裡面坐啊。」老太太親切地拉著照子進入屋內。

「這是我阿母做的粿，叫我順便送過來。」照子提著竹籠，隨著老太太走進廚房，將竹籠放置在圓形的餐桌上。

「妳阿母真是有心。春英都過世了這麼多年……。」

照子母親秀姿從小便與牡丹母親春英以及金發相識，直到牡丹母親去世後還是很常照顧著牡丹與元山。

在後院聽見聲響的牡丹連忙捧著手帕跑進廚房，看見照子的到來喜不自勝，連忙拉著照子到自己的房間。

「牡丹，我聽說妳要出嫁了，是真的嗎？」照子抓著牡丹的手笑盈盈地問，「是哪家的人這麼有福氣？」

出乎照子意料的，牡丹的表情沉了下來，並嘆了口氣。

「是後山的林家。」牡丹拉著照子緩緩地在床沿坐下，「我阿爸賭輸錢，就答應了。」

照子震驚得一時不知道該說什麼，怔怔地看著牡丹。

「是，後山的那個林家嗎？」緩了一緩，照子再次盯著牡丹問，牡丹點了點頭，照子咬著下唇認真地想了想，「這件事要不要去跟我阿母商量，籌錢還給對方，跟對方道歉，應該還是能挽回的，走吧，來去問我阿母。」照子邊說邊站起身，卻被牡丹一把拉住。

「照子，我們不能再麻煩秀姿阿姨了。」牡丹抓住照子的手，幽幽地說，「我阿爸這樣欠錢，每次都是麻煩她解決……而且這次反悔，我阿爸的手指會被砍掉的……。」

「就算這樣要妳嫁到那個鬼屋也……。」照子忿忿不平地看著牡丹。

「這也是我的命吧。」牡丹擠出了個勉強的笑容，打開剛剛一直捧在手上的手帕，「這是剛剛採的桂花，幫妳別在頭髮上吧。」

「我不能眼睜睜看妳嫁去那個地方啊——」照子緊緊握著牡丹的手，「那個林少爺是……。」

「別說了。」牡丹搖搖頭，「我只希望最後在家裡的這段時間能夠好好地過。」

照子看著像是早已下定決心的牡丹，忍不住掉下眼淚。牡丹拍著照子，安慰著她，反而像

* 竹籠，以竹編成的提籃，附蓋。現在多用作為結婚之謝籃。日治時代家家戶戶的愛用品，也時常有人提著竹籠去搭公車。

是照子才是那個要出嫁的人。

「我們今天好好打扮，一定要留下好的回憶。」最後照子擦乾眼淚對著牡丹說。

「嗯。」牡丹紅著眼對照子點了點頭。

兩人相視苦笑後，便開始著裝，牡丹與照子互相幫對方梳理好頭髮，並在髮上別上桂花增添香氣。照子拿出母親給的胭脂，仔細地幫牡丹畫上。看著牡丹完妝的容顏，想到自己的好姐妹從今往後不知道將要面對什麼，又再次紅了眼眶。

「牡丹啊，妳真美。」照子轉過身說。

「照子……妳別哭了。」牡丹將帕子遞給照子，「每個人的命不同，無法改變的。」

「我知道，只是……。」照子皺著眉，忍著眼淚。

「來吧，換我幫妳化妝了，再哭眼睛又要腫了。」牡丹從椅子上站起，拉著照子坐在椅子上，「不是說好今天要留下好的回憶嗎？這樣哭怎麼可以？」

「妳啊——」照子扁了扁嘴，用手帕擦去眼淚，「要幫我畫美一點啊。」

梳妝打扮結束的兩人，與張家老太太告別後便提著燈出門了。元山正在門前空地與附近的孩子玩得不亦樂乎，日暮西沉，有人在院子裡收起衣物，有個老乞丐在街邊的板凳上彈著月琴，旁邊掛著寫著歌名的籤條，供路過的民眾點歌。

「是抽籤仔，我們去聽聽吧。」照子看著有趣，拉著走上前去。

「姑娘抽一支吧。」老乞丐緩緩遞上掛著的籤。

牡丹抽中的是陳三五娘，兩人在夕陽中聽著老者彈起調子唱著。老人的歌聲當中，充滿滄桑豪快之氣，曲終，牡丹與照子各拿出一枚錢幣投至老者的破碗之中。就在兩人正要離開時，老乞丐叫住了她們。

「姑娘，心善之人自有天助，不必擔心。」天色漸沉，漸漸看不清老乞丐的臉，但牡丹與照子依舊停了下腳步，對著老者恭敬地鞠躬道了謝。

靛色的天空悄悄變成更深的夜色，十五的街邊點起燈火，滿月自遠方緩緩升起，今日的廟街格外熱鬧。絢爛的燈火及花燈穿梭掛在建築物間，人們紛紛走出家門賞燈，兩人走在紅磚的街道上，在吵雜的人聲以及熙來攘往的廟口中看著入夜的元宵風景。

照子與牡丹手拉著手，兩人靠在一起，在人群之中往廟的方向走。

「牡丹，我想吃那個糖仔扞*。」照子墊起腳尖指著對街的小販，「人太多了，你先在這裡等我。」

* 糖仔扞，即糖葫蘆。

牡丹點點頭，走進一旁的亭仔腳，看著照子奮力穿越人潮的樣子笑著。

「牡丹小姐，我們又見面了。」一個男子的聲音從牡丹身旁傳來。

牡丹回首，是上次借傘的那位男子。牡丹連忙轉過身微微頷首。

「牡丹小姐也來看花燈嗎？」男子依然是一件潔白的襯衫與整齊的西裝褲，牡丹邊觀察著男子邊點了點頭。

「為什麼？」牡丹猛然像是想起什麼似地，「為什麼你知道我的名字？」

明明自己第一次遇見他的那天沒有告訴他自己的名字啊。牡丹看著那個蒼白的男子對著自己神祕地笑著，眼角隨著笑容皺起。

「為什麼呢？」男子歪著頭帶著笑意看著牡丹，「下次有緣再見再告訴妳。」語畢，揮了揮手道了聲再會便往人潮中走去，紅色花燈照著他的背影，就像是走入黑暗之中似的。

牡丹看著揮了揮手離開的男子，身影隨著走進人潮中隱沒，而此時照子氣喘吁吁地拿著兩支糖仔扦走了回來。

「吃吧。」怔怔接過照子手上的糖仔扦，牡丹看著那人離去的方向摸不著頭腦。

在朱紅的夜晚中，人們忙著祭拜、猜著燈謎，萬物眾生在夜晚的舞台上點燃了火，創造了光，絢爛得不可方物，在光線背後的影子就像暫時被遺忘一般，人們總是沉迷在眼前迷幻的世界，只有在迷戀那些短暫美好的事物同時，才能稍稍忘卻那些無可改變的黑暗及宿命。

牡丹抬著頭望著掛在空中五光十色的燈籠目不轉睛，而照子則看著牡丹開心的樣子不發一語。她的人生，不知道是否還能像今晚一般歡快？看著好姐妹如此，卻無能為力的自己，照子心中雖有千言萬語卻無從說起，只能默默地看著牡丹，暗暗為著她祈求神明保佑。

就在兩人祭拜完三界公後，沿著廟口逛著附近小販的同時，絢爛的花火在空中盛開，煙花照亮夜空的瞬間，巨大的聲響與光芒吸引了所有人的目光。牡丹怔怔看著花火的綻放與消失，想起了早逝的母親，也想起了自己。身旁的照子髮間傳來桂花的清香，牡丹在此感到無以復加的幸福，此刻如夢似幻卻又如此真實地在進行中，雖然真實，卻也在此刻同時以絕美的姿態消失。

「真美。」照子緩緩地說，牡丹輕輕地點了點頭。

就像煙花在夜空如一片虛無般，牡丹所感到的幸福也在意識回到現實的當下轉為一片落寞的戚然，但那份戚然在牡丹想起母親告誡自己必須堅強時很快地消失。宿命，就是自己像是那枯葉般的人生，面對一次次迎向自己的風，即使總是迎風颯爽前行，但遇見強風時，自己終究還是只能順著風在風中飄零，既然如此，牡丹想著，既然如此，這次就順從自己的宿命吧。

在晚風吹起牡丹的鬢髮時，她的側臉安詳卻又堅定。

就在某個百花盛開的春日夜晚，牡丹出嫁了。

男方送來的吉時訂在深夜，在人們熟睡之時。沒有鞭炮與爆竹，一切極其安靜地進行著。牡丹吃完與家人的最後一餐飯後，便進入房間梳妝打扮，這天，照子與春嬌嬸都來到牡丹房裡，同時還有春嬌嬸的母親來充當「好命人」。大家忙進忙出地幫著牡丹祖母一同替她穿上新娘的紅袍。那件繡工精緻的禮服，上身是紅色為主的網襖，在領子的部分刺著相當細緻的花草風景及人物圖像，下身則是以金銀色線繡著龍鳳的劍帶裙，肩上則還有同樣有著細膩刺繡的披肩。照子輕輕地替牡丹敷了粉，塗上胭脂，在夜晚的火光中牡丹的容顏格外豔光四射。看著牡丹的容顏，像極了早逝的媳婦春英，牡丹祖母忍不住別過身擦了擦眼淚。

「要是今天是我阿母來，更不知道要哭成什麼樣子呢。」照子像是了解牡丹祖母的心思，打趣似地說。

「花無錯開，姻緣無錯對，免擔心，牡丹這麼好的孩子，她阿母會在天上保佑她的。」春嬌嬸安慰著牡丹祖母，也安慰著牡丹。

牡丹看著鏡中身穿紅色禮服的自己，淒然地笑了笑。

「牡丹，從今以後，要好好保重自己。」祖母正色地對牡丹說著，牡丹點了點頭，淚滴滴在禮服上，形成了一個深紅色的點，祖孫倆人閃著淚光望著對方，一切盡在不言之中。半晌，祖母將鑲著珠寶鳳冠戴在牡丹梳得整齊不苟的烏黑髮絲上，帶著照子及春嬌嬸走出牡丹房間，坐在客廳等待迎娶隊伍。

牡丹頭戴著沉甸甸的鳳冠，獨自一人坐在只有燭火閃爍的房間。她低著頭望著這身紅衣與自己的雙手，那雙染著鳳仙花的指甲，自己從來沒有這麼美麗過，就像那天元宵與照子一起看的煙火般，自己很快也會像那煙火，美麗地綻放後，消失在夜空了吧？她也想起那個借自己傘的奇怪男子，自己應該也無緣再與他見面了吧。

就在這個乍暖還寒的春夜裡，牡丹將自己交給命運。

過了不久，迎親的隊伍很快就到了，四輛黑色汽車停在了牡丹家門口。

新郎從最後一台車上走下，而金發連忙上前迎接，他心中有無數的疑問得不到解答。

春生帶著笑意，恭恭敬敬地對著金發作了個揖，自顧自地走進內堂，金發見狀連忙跟著跑進屋子，春生繞過廳堂的右側再作一揖，然後對著神明跪在地上，拜了兩拜。

「百承父命，舉行嘉禮，謹遵鈞命。」春生不疾不徐地盯著金發的眼睛說著。

金發腦中一片混亂，當看見媒人送來的文定禮上面寫著是後山的林家時，他心中便有無數個疑問，畢竟這個人與傳說中林少爺的形象……回過神來，所有人都看著自己，他這才想起自己該說的台詞。

「吾……亦從命照辦。」金發結結巴巴勉強地說完。

金發語畢，春生像是認可般對著金發微笑，又再次跪拜。

接著，張家老太太領著牡丹走出客廳，金發領著牡丹面對著祖先，這對已經許久沒有對話的父女，就這麼沉默地一前一後站在神桌前開始進行著跪拜禮。禮成後，金發愧疚地看著牡丹，本來正要勸誡出嫁女兒的話他一句也說不出口。

「牡丹，阿爸對不起妳。」金發流著淚對著滿頭珠翠，身穿紅袍的牡丹說，「妳阿母走後我沒有好好照顧妳，阿爸……阿爸對不起妳。」

牡丹捧著酒杯，看著自己的父親那不成樣子的道歉，咬著牙忍著眼淚跪下，「是。」語畢，便將手上的酒一飲而盡，再對著四方跪拜一輪後站了起身。

金發邊掉著淚邊拿起紫色的烏巾蓋在牡丹的頭上，並拿著畫著八卦及太極圖的米篩蓋在烏巾之上。烏巾之下的牡丹眼淚不停地滴落，不捨祖母及年幼的弟弟，還有最後父親自私的告解，聽見那番話，她也無法繼續憎恨父親，一直以來總是這樣，她總是對父親的道歉心軟，而也就是那份心軟，才造成今天的局面，牡丹不禁想著，這也是所謂宿命吧。

就這樣，牡丹在好命人的攙扶下，帶著淚走出家門，坐上男方的汽車，邁向她那充滿迷惘無奈的宿命。在迎娶的汽車開始行駛後，車窗丟出了一把扇子。

那把丟出的扇子從此切割出了一個女人與生養家庭之間的界線，那把扇子包含了她前半生的歲月，也象徵著她孤獨的離開，孤身一人前往下一個人生的戰場奮鬥，那是她的人生，也即將變成不是她的人生。

汽車平穩地在黑夜中行駛著。牡丹這才發現自己剛剛專注於行禮，未曾看見新郎的長相，她只能從烏巾之下看見新郎修長潔白的手指，車內瀰漫著沉默，只聞得見照子在牡丹身上別著的桂花，散發著清甜的香氣。

汽車沒有行駛多久即到達目的地，新郎率先下車，牡丹也在好命人的攙扶下下了車，她小心翼翼地跨過炭火盆，這時新郎拿著米篩與好命人高高舉起，她穿過米篩後，終於到達宅子的大門，牡丹沒時間仔細觀察那棟在黑夜之中看起來更顯得可怖的華麗洋樓，在好命人一邊唸著吉祥話的同時，她一腳跨過門檻走入了那盛傳鬧鬼的林家大宅之門。

在好命人的攙扶下，新郎新娘一同進入了新房，隨後抬著子孫桶進房的人念著吉祥話，收了豐厚的紅包離去後，就只剩新婚的兩人了。兩人沉默地對坐在紅色的燈火之中，牡丹雙手握拳，緊張地數著一分一秒的流逝。就在她數到七十九時，深紫色的蓋頭被揭開的瞬間，她眼前出現了那個她想都沒想過的人。

「張牡丹小姐，又相見了，看來我們是真的很有緣？」春生滿臉笑意地看著困惑得不知所措的牡丹，「啊，不對，現在應該是林張牡丹了。」

「你——」牡丹吃驚地說起話結結巴巴，面對著眼前這名男子的爽朗的笑容，又益發困惑起來，「就是林家少爺？林少爺不是……。」

「現在開始該叫我相公或是春生了吧？」春生一派輕鬆地拿起起桌上裝著湯圓碗裡的湯匙把玩著，「對啊，就像外面他們說的一樣，林少爺是活死人，這整個林家，都是鬼屋。」

牡丹看著春生，遲遲說不出話，閃爍的燭光照著兩人，影子不時地隨著跳動。

「怕嗎？」春生溫柔地踱步至牡丹身後，替她取下沉重的鳳冠，輕輕地靠在她耳邊問。

「你會殺死我嗎？」牡丹腦中充滿著活死人冥婚獻祭等等可怕的劇情發展。

「怎麼會？」春生拔下固定牡丹長髮的金針及髮簪，輕輕放下她的長髮，那些原本別在髮上的桂花也隨著長髮放下的瞬間紛紛墜落在地，「今晚是我們洞房花燭夜，妳期待嗎？」

牡丹從不曾面對過這些事情，面前這名男子總是笑著的出現在她面前，她回想著曾經多次與此人的相遇，當時總覺得他是個笑臉迎人的和善好人，但如今的他像是揭開了自己的面具，即使依然充滿著笑意，卻令牡丹覺得危險可怕。

春生看著仍然不發一語牡丹，輕輕笑了一聲，抓住她的手，將她拉起身到床沿坐下，春生冰冷的手讓牡丹想起那天他在城隍廟曾拉自己一把讓她不至於摔落的事。兩人各自懷著各自的心事，坐在床緣凝視著對方。

牡丹望著春生淺褐色的瞳孔，這個蒼白、總是帶著笑容的男子今後將成為自己的丈夫，她心中忐忑不安得就像此時閃爍的燭光，還未能習慣這個事實。

春生緩緩地接近牡丹，撫摸著她背後烏黑的長髮，「我很期待。」

從來未與男子有過多接觸的牡丹緊張地全身發抖，面對自己未知的命運，牡丹緊盯著眼前昏暗的、通紅的新房，房間內燒著炭火，相當溫暖，但仍止不住牡丹身上的顫抖。

「林夫人，不用擔心，妳會長命百歲的。」春生邊優雅地解開了襯衫最上排的扣子，一邊溫柔地對著牡丹說，「我們會長長久久的。」

牡丹抬起頭望著春生，春生拉著她的手，將她拉到身前，兩人感受著對方呼吸的氣息，牡丹如今就像站在一座巨大城門之前，那座巨大的門正緩緩地向她敞開，在燈火的輝映之下，兩人的影子交錯著，在牆上像演著一場沉默的電影，既不知開端，結局也未可知。

春天百花盛開的後山，詭譎卻富麗堂皇的林家大宅，櫻花的影子從窗紙中透進新房，春生不發一語湊近牡丹的頸部，冷不防地一口咬住牡丹細白的脖子，牆上牡丹的影子倒下，倒在囍床上與黑暗交融成一片。春生嘴角沾著血跡，溫柔地為自己新婚妻子脫了鞋子，輕輕地平放在床上，為她蓋上繡著囍字的棉被後，放下紅色的帳子。

春生看著躺在自己身邊的女人，握著她細瘦的手掌，感受著人的體溫，就像自己從來不曾死去，即使如今，也不算是活著，但此時此刻，他似乎久違地感覺到身為一個人。

夜晚，只剩下囍字燭台，燃燒著搖曳的火光，直到天明。

說起後山林家流傳著鬼屋的傳說，在這個村庄是不再被提起，一件發生於十餘年前的慘案。清代開始，林家以米郊貿易興起，在日本人來了之後，由於林家與仕紳認為抗日將會造成更多傷亡，於是決定開城門迎接日本政權進入村子裡，此舉更使林家獲得日本政府的信任，以茶葉的越洋貿易事業積蓄了大量財富，在台灣島也是數一數二的豪商人家。

當時的林老爺將唯一的兒子與台北某間茶行陳家的女兒定親，約定好留學日本的林少爺從日本學成返台後，兩人便舉行婚禮。

但不知是林家樹大招風或是從商得罪了不少人，某天林家闖入強盜，將林家洗劫一空並滅口，除了到外地幫林老爺做事的林家管家阿福之外，林家人連同奴僕十幾口人全遭滅門。當時放暑假回到台灣的林少爺也不例外，當時他逃出了林家，但歹徒卻並未放過他，拿著槍在山林中追殺他。他就這麼被追殺到山下的一條河邊，最後不知生死。而管家阿福在受到如此打擊後，一度傳言他已輕生，也有人說他每天照樣買菜、操持著林家家務，像是林家還有人般。而那名可憐的林家少爺也有許多傳聞，看過他的人聲稱，他只是精神失常，甚至有些可怕的傳聞，說曾看過林少爺吸著動物的血，變成會吸血的妖怪，偶爾出沒在後山。而林家大宅鬧鬼的傳聞也頻頻在村民口中流傳著。於是那棟偌大的宅院就只剩下阿福與不知生死的林少爺居住在裡面。

牡丹所知的林家傳說也僅止於村民的傳說，小的時候人人都說，林少爺是鬼，所以白日總是撐著傘出門，小孩子遇見了他千萬不能與他說話，不然靈魂會被吸走。這件事情隨著牡丹長大漸漸也覺得只是類似虎姑婆般的無稽之談，但當她真正見到林少爺，觸摸過他異於常人那冰冷的手、見到他淺褐色的眼珠時，又想起了當年的那則傳說。

煙霧瀰漫著，飄著肥皂香味的澡堂，幼小的牡丹總是跟著母親一同來到澡堂洗澡。

「牡丹呦，長大後一定是個美人，會嫁個好尪，大富貴呦。」一同洗澡的阿姨太太們總是對著帶牡丹一同去洗澡的春英如此說道。

「哎呀，我們牡丹結婚那天，我一定會哭甲不是款。」春英總是這麼說著。

在煙霧瀰漫的澡堂中，春英仔細地幫牡丹抹著肥皂。

「阿母，嫁人是什麼感覺？」年幼的牡丹好奇地問春英。

春英聽見了牡丹這個問題笑了出聲，「嫁人是每個女人都要經歷的道路，要嫁人才會獲得幸福。」

「阿母幸福嗎？」牡丹歪著小小的頭問母親。

但春英的臉上被浴室中的蒸氣瀰漫遮住，牡丹只能聽見母親溫柔的聲音從耳邊傳來。

「阿母很幸福喔，因為阿母嫁人結婚之後，能夠生下牡丹這麼好的孩子。」

「牡丹也要幸福喔。」

牡丹聽著春英的聲音在澡堂中，傳來陣陣回音，她努力地在煙霧中想看清母親的面貌，卻只感覺母親益發遙遠。

「阿母！」牡丹伸手想觸碰著春英，抓到的卻是一團空氣。

很快地，澡堂與母親的身影漸漸消失在黑暗之中，牡丹最終也被這片黑暗吞噬殆盡。

她的淚水無聲地流下。

牡丹的夢境消失於翌日醒來時，她醒來時發現發覺周圍依然漆黑一片，只有桌上的囍字紅燭台發著微弱的光，窗戶都被密實地用布遮著，透不進一絲光線。好一陣子當她終於適應周遭的黑暗時，房門輕輕被推開了。她開始回想著昨天的事情，還是有些無法相信昨天的經過。而她沿著回憶慢慢摸索時，卻怎麼也想不起來睡著之前的那段。

春生領著端著早餐的婢女進入房間，婢女將早餐放在圓桌後便退出了房間。

「醒了嗎？」春生好整以暇地走到床邊的水盆前看著牡丹。

牡丹連忙坐起身，她昨日的新娘禮服還好好地穿在身上，長髮順著她的肩膀垂到胸口，她連忙走下床，站在春生面前。

只見春生拿著毛巾，在圓形的陶瓷水盆浸著，接著轉乾，輕輕地擦著牡丹的臉。牡丹一時不知所措，只能任由他輕輕地擦著自己的臉頰。她近看了春生的面容，在前幾次與他的相遇中，她就發現他的眼頭長著顆小小的痣。只是當時萬萬也沒想到自己會嫁給這個男人。

「吃早餐吧。」春生將毛巾放進水盆中，並轉身示意牡丹坐下。牡丹看了看四周才緩緩地坐下。

早餐是剛烤好的麵包與咖啡，對於吃慣傳統早點的牡丹來說相當新奇。春生將麵包抹上奶油，打開《日日新報》邊吃邊閱讀著，不時地喝著咖啡。咖啡的香氣與一縷煙霧在杯上打轉著，瀰漫在整個房間內，牡丹小心翼翼地在一旁邊觀察著春生的吃法邊學著。

「就像妳知道的，我們家人都死了，所以拜見父母那些都可以免了。」吃到一半，春生忽然開口：「還有，我是信耶穌的，所以這裡不拿香拜拜，如果妳想要拜就自己來吧。」

「之後你會陪我回家嗎？」過了半晌換牡丹發問。

「嗯。」春生點了點頭，放下報紙，拿出一隻銀手鐲幫牡丹戴上。牡丹感受著他冰涼的手以及相同冰涼的手鐲，想著從今往後自己便要跟這個人共度一生，那手鐲的重量就像是往後的生命般，全套在自己的右手上。這閃閃發光的手鐲在昏暗的室內散發著光芒，牡丹看著這美麗的手鐲怔怔地說不出話。

「多謝你。」牡丹回過神來後，才緩緩對著春生道謝。

「妳梳妝一下，等一下我們到大廳拍照。」春生對她露出一抹疲憊的笑容後走出房間。

在春生之後進入房間的是兩名面無表情的婢女，一名婢女收走了早餐的杯盤後，拿進好幾套洋裝進入房內供牡丹選擇，另一名婢女則是幫牡丹梳著頭。牡丹看著鏡中反射模糊的自己，就像那未知的未來般，只有大概的輪廓、卻看不見確切的樣貌。這間廣闊的大宅與這個男人存在著許多祕密，在他的每個笑容背後都像在隱藏著什麼，原本看起來那些親切的笑容，現在看來卻像是他的一張面具，不知在這張面具之下隱藏的是什麼樣的面目。

牡丹就這樣，任由那兩個婢女梳理頭髮，選了其中一套洋裝，穿上高跟的皮鞋，別上耳環，精心打扮後走到大廳。這時一名身穿灰色漢服的管家笑盈盈地對著牡丹點了點頭。

「夫人您好，我叫阿福，是林家管家，有什麼問題儘管來找我。」阿福站在陽光照射進入大堂的陰影處，對著牡丹親切地說。

「是的。」牡丹有點不好意思地回禮，她還未習慣被如此敬重地對待。

阿福領著牡丹推開了一道木製的隔門，來到了大廳。

牡丹看著門上的花紋，跨過門檻進入了大廳，而大廳與這個房子的其他地方一樣，都是一片漆黑，只有點著燭火微弱的光輝映著。

春生坐在擺在大廳的椅子上對著牡丹招了招手。

牡丹怯生生地坐在了春生身旁，兩人同時看著面前漆黑的盒子，一聲爆炸白光過後，兩人的面容倒映在底片上，即將變成照片。

「這是我阿公。」拍完了照，春生佔了起身，指著懸掛在大廳的一張黑白照片中的老人，又往前踱了幾步，指著另外一張夫妻照，「這是我父母。」

牡丹緩緩跟隨在他的身後，空蕩的大廳迴盪著兩人的跫音。

「我們的照片有一天也會掛在這裡，讓之後的人看。」春生轉過身對牡丹和緩地笑著說。

春生平鋪直敘說著似乎理所當然的話，牡丹卻不知為何感到相當淒涼。見牡丹沉默，春生走上前去站在她身旁，牡丹低著的頭只看得見春生的皮鞋。

「今後什麼都不用擔心，好好生活吧。」春生語畢，轉身走進大宅的深處。

牡丹看著春生的背影沒入這棟漆黑房子的深處，在心底悄悄地問著自己，「真的可以好好生活嗎？」

在這座大宅裡度過了幾天，牡丹也漸漸熟悉房子裡的布局。

為了怕祖母擔心，牡丹在婚禮隔天立馬寫了信託人送回山下的家，而在這幾天中，春生大部分的時間都與牡丹待在一起，早晨時兩人會一起閱讀著書房的書、而黃昏時兩人會在山裡步道散散步、聊聊天，他總是笑著，但牡丹總覺得他的笑容背後像是藏有什麼祕密，不過就在牡丹的懷疑一升起，隨即又會因為他溫柔的態度而打消。除去村子裡那些恐怖的流言蜚語，春生的確是個長相俊秀又相當溫柔的男人，以作為一個丈夫來說實在是自己的福氣，牡丹看著春生的側臉想著。

她也只是個情竇初開的十七歲少女，總是充滿幻想的年紀。

春生看著牡丹天真的笑容，感覺也能暫時忘記過去那些可怕的血海深仇，感覺自己也真正地像個有血有肉的人，兩人如同這世間上所有一般的新婚夫婦般，過著安穩的日子。

即使開始不是那麼的完美，春生想著，但要是能夠這麼下去似乎也不錯。

兩人在桌子的兩側分別吃著晚餐，閃爍的燭光恍惚地搖曳著，兩人在沉默中進食著，寂靜地像是這個世界只剩下兩人一般。

只有碗筷碰觸的聲音。

牡丹低著頭看著他另外一隻握著餐具的手指，潔白而修長。

「這幾天，妳可以回家見見家人，雖然習俗是一個月，但我並不在意，妳就隨意吧。」春生優雅且平淡地一口口吃著飯對著牡丹說。

「真的嗎？」牡丹喜出望外地看著春生。

「當然，一個月後，我也會正式陪妳回去的。」春生看著牡丹如此開心的神情，笑了出來。

「林少爺，謝謝你。」牡丹放下碗筷，站了起身，對春生鞠了鞠躬。

「嗯。」春生點點頭，牡丹坐回餐桌上繼續用餐。

有個瞬間，她抬起頭看著眼前的男子，隨即又低下了頭。

閃爍的燭光明明滅滅，兩人就這麼處在這個景況下不發一語。

「我吃飽了，妳慢慢來。」春生依然平淡的語調說著。

「嗯。」牡丹點了點頭，兩人同時避開了對方的目光，先後離開餐桌。

回到房間，牡丹坐在梳妝檯前，想這春生的那席話，低下了頭，但就在低下頭時，她看見了手上春生為她戴上的銀手鐲，陷入了沉思。

但同樣地，春生坐在自己的書房，為自己倒了杯威士忌，緩緩地飲著，拿出書櫃上的一本相冊，輕輕地翻著，卸下笑容的他，只是一個心中剩下復仇的可怕野獸而已。他總是在牡丹面前偽裝著一副和善的笑容，但那副笑容背後的他，就像是一副行屍走肉的機器般，十年來他天天計畫著、盤算著一場殘酷大戲，準備復仇血祭林家死去的所有魂魄。

「春生啊，」那年，母親與自己分食著甜食總這麼說道，「阿母真想看著你娶媳婦那天。」

但母親的手就在他的手中失去溫度，美麗溫順的雙眼不曾再睜開過，他人生的全部從那可怕的一天之後，就只剩下為了家人的死而活著。

哪怕是如此苟延殘喘、即使是如此被指指點點。

春生望著晶瑩剔透的酒杯，閉起眼睛，忽然之間又不禁笑了出來，笑聲益發大聲、甚至撕心裂肺。他就這麼在自己的書房內瘋狂地笑著，就像此生沒有聽過如此有趣的事物般笑著。他的人生就是如此的可笑，那張藏在笑容背後的，真實的臉孔，就是如此悲傷、如此淒涼。自己在十年前的那場人禍中，也變成人不人鬼不鬼的動物，變成只能倚賴吸血維生的鬼怪，而事實上他也只是依靠復仇這件事情苟延殘喘地活著。他嘲笑著自己的人生，也畏懼著即將到來的未來。那個稱為宿命的事實，就這樣如詛咒一般緊緊地束縛著春生。

日曜日的早晨，雲朵在天空中飄浮著，這個世界平和得如同不曾有過任何爭鬥般，牡丹穿著自己從家中帶過來的那套襟衫緩緩地走下後山，她想回家去看看。

沿著小徑緩緩走下山坡時，她回頭一望，那棟大宅隱藏在叢生的樹之中，在春天的風吹拂之下，飄來陣陣花的清香與花瓣。牡丹望著春天的好風情，心情終於感受到輕鬆，在這段日子之中，她總是畏懼著、壓抑著，而這種感覺在今日終於消失，她終於恢復那屬於她那年紀的少女情懷，邊欣賞著沿路美好的風景邊走回家。

張家依然與牡丹離開時並無二致，但當牡丹看見這個生養她的家時，卻感到一陣哽咽，她連忙奔回家中。家中只剩下祖母坐在客廳，一個人對著門口的光線縫縫補補。

「阿嬤。」牡丹輕輕地叫了聲。

「牡丹？」祖母回過神來，看著跑了近門的牡丹嚇了一跳，「妳怎麼回來了？」

「我想回來看看。」牡丹紅潤的臉頰泛起微笑。

「這幾日，還好嗎？」祖母站起了身，拉著牡丹的手，有些激動地問。

「林少爺人很好，我沒事的。」牡丹安撫著祖母。

「那個林少爺，有沒有跟其他人不一樣的地方？」祖母依然有些激動。

「這幾日，感覺起來都很正常啊。」牡丹想起了春生冰冷的手，不過雙手冰冷應該不算是不尋常的地方，而她也不想讓祖母無端多加擔心，因此她並沒有提起。

「那就好，那應該是外面亂說的。」祖母鬆了口氣，坐了下來，「外面有人傳說，那個林少爺是會吸人血的妖怪。」

「怎麼會？」牡丹皺著眉頭問，她眼中的春生即使似乎有著無法言說的過去，但是如此溫柔的人哪有可能是會吸人血的妖怪。

「既然妳沒事就好。」祖母輕輕撫摸著牡丹的頭髮，此時她的頭髮已經梳成了少婦樣式，祖母看著牡丹這張稚嫩的臉龐配上成熟的髮型，想著當時自己嫁入張家時，好像在昨日卻已轉眼過了這麼多年。將來牡丹也會面臨與自己相同，嫁為人婦、生兒育女的，所有女人都相同的宿命吧，祖母撫摸著牡丹油亮的青絲，希望牡丹即使身為女人，也能夠以女人的人生獲得幸福。

像朵真正的牡丹花一樣。

牡丹看著祖母慈愛的表情，陽光落在兩人純粹的笑容，祖孫兩人就在一九三八年乍暖還寒的春日早晨中閒話家常，然而這樣的平靜時光並沒有持續太久，戰爭卻在不知不覺中悄悄地席捲了台灣島。

與祖母報完平安後，牡丹準備起身前往街上走走，卻被祖母拉著手制止了。

「新娘子，還是不要隨便出門，被人看見了不好。」祖母焦急地阻止了牡丹。

牡丹不明所以，但依舊照了祖母所說，離開家後立即返回了後山林家。祖母看著牡丹背影嘆了口氣。這陣子村里所有人都在議論著牡丹嫁到後山林家的事，由於林家的傳聞，大多數的人感到畏懼，也有少部分的人替牡丹感到委屈，但更多的人是抱持著看戲的心態在談論著牡丹。祖母聽著這些消息實在是忐忑不安，直到今天牡丹返家後才終於鬆了口氣，但一想到牡丹今後將如何面對村子裡的這些流言蜚語便又感到擔憂。

只希望這孩子能夠逢凶化吉，牡丹的祖母走向家中的神明廳，點了支清香向祖宗祈願著。

當晚，牡丹與春生對坐在餐桌的兩端沉默地吃著晚餐。

牡丹悄悄地看著春生吃東西的樣子，慢條斯理的動作，以及眼頭的那顆痣。她總覺得那顆痣相當眼熟，卻又想不起曾在什麼地方看過。

「怎麼了？」春生放下碗筷，笑著問不斷盯著自己看的牡丹，「我沾到什麼嗎？」

「沒有。」牡丹連忙低下頭吃著飯，看著牡丹一驚一咋的樣子，春生感到相當有趣。

「我們互相說說自己的事吧？」春生打開了旁邊小盅的蓋子，湯的熱氣從盅裡冒出，他緩緩地用湯匙攪拌著。

牡丹抬起頭對春生笑著點了點頭。

「妳想要先聽前面的部分，還是林家變成鬼屋的部分？」春生笑了出來，眼角的皺紋皺在一起，但牡丹看著春生的笑容，卻感到一陣淒涼。

「你是不是很悲傷？」看著春生的笑容，牡丹問。

「怎麼會呢？」春生褐色的瞳孔，在燭光之中反射著牡丹的容顏，「新婚的人，怎麼會感到悲傷呢？」

牡丹怔怔的看著春生眼中的自己，兩人就這麼望著對方半晌。

「我先說我的事情吧。」總覺得春生的過往必定比自己想像中更加沉重，她不願挖掘他的過去，於是便體貼地說。

春生對她突如其來的體貼愣了一下，原本想著要嚇她，但她卻看穿自己偽裝著的面具，看見了自己一直以來偽裝的淒涼孤獨，即使她對自己一無所知，仍不願自己再次提起傷痛的事。他一下說不出話來，只是怔怔聽著牡丹說著自己的事。

蠟燭的光映照在牡丹的臉龐，春生看著餐桌彼端她的容顏，心中像是有什麼被狠狠地絞著，又像是被風輕輕吹拂著，那種有些酸楚、又有些美好的感覺。牡丹邊回想邊說著，回過神發現春生正盯著自己，歪了歪頭看著春生。

「這湯裡有酒，我好像是醉了。」春生笑咪咪地說。

「你酒量不好嗎？」牡丹好奇地問。

「嗯。」春生站了起身，摸了摸牡丹的頭，「明天再多跟我說點吧。」

牡丹滿臉通紅地點了點頭，隨後目送著春生走回書房中。

牡丹嫁進林家的事情隨著時間推移，也過了好幾日。一天早晨，春生拿了一封信交給牡丹，是照子的來信，牡丹興奮地拆開照子的信。但出乎牡丹的預料，那封信卻寫著令牡丹憂慮的消息。

牡丹，

我是照子。

首先恭祝妳新婚愉快，不知妳在林家的一切都好嗎？

聽聞妳祖母說在這段時間之中曾返家一次，我也跟著放心了。

但是由於妳嫁進林家，各式各樣的謠言在街坊中流傳著，

或許妳並未聽聞，但是我想是必須讓妳有個準備才是。

有些謠言非常地糟糕，使我相當憤怒，但僅憑我微薄之力並無法阻止那些謠言的發生。

只希望妳聽見那些流言，不要放在心上，

希望妳的新婚生活過得愉快。

照子

牡丹讀完信，想起那天祖母制止她到街上的眼神，祖母應該知道這一切了吧。

雖然在出嫁前自己早有心理準備，但是面對著不知來由惡意，她仍然感到相當悲傷且無

力，而這一切不止是她，也許她的家人也將遭到同樣待遇。牡丹想起了幼時母親過世時，她也曾被說是命中剋母的掃把星。

難道這些都是命運嗎？

她的人生自母親過世那天，就踏進了錯亂的迴圈。父親開始一蹶不振、開始賭博，於是欠了錢，牡丹一次次地面對，卻落到如此不堪的下場，那些批判她的人，明明對她的人生一無所知，卻總是在背後指指點點。

牡丹躲在被褥中，在一團黑暗之中哭泣著。她的世界，在母親去世之後，就像一腳踏入無邊無盡的黑夜之中。即使咬牙撐著，卻仍然盼不到黎明的到來。她總是努力地，堅強地逆著風走，卻又一次次無情地被那名為命運的巨風吹倒。

牡丹躲在棉被中一次次聲嘶力竭地哭著。

一縷光從窗花中透了進來，照射在牡丹房內的桌子上。新婚的囍字仍裝飾著房內一片通紅，但那鮮紅的色彩卻像是牡丹的詛咒般，也像是那個時代所有女人的詛咒。

當晚，春生並沒有留在林家吃晚餐，而是獨自悄悄地來到山下一處偏僻的教堂中。教堂內有一名年邁的西洋人替春生開了門，在寂靜的夜晚中，教堂彩色的玻璃內點起了微弱的燭光。

「恭喜你新婚。」西洋老人說著一口流利的台灣話，微笑地對春生說。

「啊，多謝神父。」春生對神父鞠躬，而神父拍了拍春生的肩膀，領著他到禮拜堂內的一間小房間坐著。

待兩人坐定，神父悠閒地用熱水淋著茶壺，邊泡著茶邊看著春生，「所以日期決定是什麼時候呢？雖然我依然很反對你將生命浪費於復仇之中，但既然是你想做的事情，我也不好阻止。」

春生沉默了半晌，「下個月十五。」

神父了然似地點了點頭，替春生斟了杯茶，「那麼，你最近身體上，有沒有什麼變化呢？」

「日前一切都好。」春生淺淺喝了口茶。

月光透進彩色玻璃內，將木製桌面映照得七彩斑斕。

「我想你今天來此，也不是要和我談論你的復仇計畫吧。」神父睿智地笑著，歪著頭問春生。

「是。」春生點了點頭，「我打算，就在那天做個了結。」

神父認真地地聽著春生的話。

「那之後的事情呢？」神父笑了笑，「我想你的家人，一定不希望看見你的人生只剩下復仇。」

春生淒然地搖搖頭。

「那位與你結婚的女子將會過著什麼樣的人生呢？」神父用那雙像是能洞察世間萬物的雙眼直視著春生。

春生愣了愣，他想起牡丹，但牡丹與復仇，這件貫穿他人生軸心的意義，經過神父這麼一說，他卻感到錯亂。

「我想，比起復仇，令堂應該更希望你繼續好好地過自己剩下的人生吧！」神父又再度在茶壺中注入熱水，熱水的煙霧在黑夜中飄散著。

「但是，那些人還是心安理得地活著，過著舒適的日子啊！」想到那些殺害父母的人們，春生激動地站了起來。

「你殺了他們，並無法回到過往的生活，你該殺的，是你心中的撒旦。」神父將手放在春生的胸膛，「若不殺死心中的撒旦，你的人生即將會被空虛啃食殆盡。」

春生怔怔地看著神父，「反正我也厭惡這樣活著了。」

語畢，他正要轉身走出小房間，卻被神父叫住。

「這是新婚賀禮，你送給你妻子吧。」神父從抽屜拿出一個小小的絨盒，遞給春生。

「多謝。」春生輕輕接過盒子，打開一看，是一枚紅寶石戒指，在夜晚的燭光中閃閃發光，「這麼貴重的東西，我不好收下。」春生看著盒內的戒指，轉身對神父說。

「我一個老人留著這戒指也沒有用啊，你說是不是？」神父對春生笑著，拍了拍他的肩，「回去吧，下次有空帶你妻子來找我泡茶吧。」

春生點了點頭，收好戒指，離開了教堂。

月色皎潔的夜晚，充滿了花香，一路上春生反覆思量著神父所說的話，不知不覺就已回到了林家大宅門口。他推開門，跨過門檻時，看見夜晚盛開的芙蓉花，就像那年一樣。他入神地看著。

三 林府血案

一九一五年，台灣在最後一場抗日事件——西來庵事件之後，抗日事件漸漸轉為社會運動。而至一九二一年，台灣展開了第一場的議會請願運動，接受日本殖民統治二十餘年後，此時的台灣人已經接受了遭到日本統治的事實，而在民主自決的浪潮下，日本政府漸漸地調整治台方針，採行同化主義，改善台灣的教育方制政策。而在此一背景之下，台灣人民的知識水平也隨著政府改善的方針而逐漸提升，此時的台灣人為擺脫殖民地二等公民的待遇以及總督府的獨裁統治，受到中國的五四運動、朝鮮三一運動的影響下，也開始了一系列的社會運動。

一九二九年，台灣已經展開了第十場議會請願運動的這一年，作為豪商的林家正準備投資一筆大買賣，但沒想到的是，這筆買賣將會使從清代繁盛至今的這富裕商人家族一夕之間傾頹倒塌。

林家老爺林成民，在祕書阿金的陪同之下，兩人到台北大稻埕與世交陳家老爺陳茂見面，商量著這次交易的事項。林家與陳家一直以來是過從甚密的關係，尤其是在陳家孫女陳櫻與林家長孫春生訂過婚約之後，兩家的貿易事業更是密不可分。對於陳家來說，能攀上像林家此般大豪商家庭，是祖上積德的事情，因此這次林家人的來訪陳家也是不敢怠慢，小心翼翼地迎接著。陳家於大稻埕最繁榮的榮町，其中首屈一指的酒樓江山樓設宴邀請林家一行人，當時許多不僅許多政商名流、文人雅士皆常在江山樓舉行宴會、就連日籍官員也是經常出入江山樓的座上賓。

但陳家長孫，也就是陳櫻的長兄陳望雄並不贊同父親的做法。陳望雄總是不滿父執輩們對著林家鞠躬哈腰的態度。他認為陳家本該自立自強，尤其對於林家針對陳家事業營運指手畫腳的事感到相當不滿。一直以來的不滿到了陳櫻訂親後達到一個高點，對於兩家訂親的事情，在他眼中就像是為了巴結林家而獻上自己的妹妹，他無法接受自己最疼愛的么妹在這樣的情況下必須嫁予林家。於是他表面上也是熱情地接待著林家一行人，但私底下在交貨時，混入了次等的劣質品。他深知這次的貿易是與英國方決定是否信任陳林兩家的關鍵，而一旦信任破裂之後，林家將會失去廣大的西方市場，陳家也勢必與林家切割不可。

「陳兄好福氣啊，望雄一天比一天爭氣，真是愈看愈將才。」宴席上，酒過三巡，林成民向陳家老爺陳茂稱讚著，「要是有女兒，我也想將女兒嫁給望雄啊。」

陳茂客氣地對林成民拱了拱手，禮貌性地推辭著。這句不怎麼樣的話聽在陳望雄耳中卻是相當刺耳，但他當下並未發作，只是站起身陪著喝了杯酒。

這些豪紳們在江山樓的宴席上喝著酒，藝旦在一旁唱著歌曲，男人們意氣風發地大聲說話，樂得就像是這世界的王一般。林老爺對這次的台北行相當滿意，臨行前又再次提起，待長子春生自東京學成返台後，立刻就讓他與陳櫻完婚。

陳茂即刻點頭稱是，陳望雄則是望著這可笑的局面，替自己妹妹的將來感到不值。明明自己的妹妹知書達禮，以陳家的財力將來也可安排她至日本留學，就只因為自己父親的迂腐及貪念，犧牲了妹妹的前程與將來。他邊站在父親身邊陪著笑，一邊暗自打算，這次他一定要摧毀這場交易。

就在這場宴會後的一個月，林家接到來自英國的電報，指出由林家專辦的貿易貨品，在檢驗時出了問題。這件事情一出，林家指責的手立刻指向陳家，稱供貨的陳家應為貨品的紕漏負責。一時之間，陳家上下焦頭爛額，忙著來回奔波尋求事情轉圜的解決方法。

「這件事情，就交給林家不就得了，反正對外人家也只認得林家的貨。」就在陳家中人束手無策之時，陳望雄跳出來雲淡風輕地說著。

「這不是這樣說，林家那邊查過了，有問題的是我們這邊的貨，我們要重新再找一批貨，但是其他商行知道這件事了，每個人都提高價格，要再重新買貨補足，我們今年一半的心血都沒了。」陳茂扶著額頭，喝著妻子遞來的茶。

「林家什麼都沒出，只是貼了他們林家招牌就什麼都不用負責？」陳望雄不齒地哼了口氣，「是我就放給它倒，台灣也不是只有他們一家貿易會社。」

雖然剛開始說這些話時，陳望雄總感到有些心虛，但想到林家，一陣憤怒上來便也顧不了這麼多了，他開始不斷地遊說著父親撒手不管這件事。

「阿雄啊，這不是你想的這麼簡單的……。」陳茂始終沒有接受陳望雄的話，只是不斷地顫抖著，然後重複著這句話。

「阿爸，到底是怎麼樣？林家到底有什麼好怕的？」陳望雄不解地問父親。

「他們林家家大業大，和日本仔政商關係好，隨便說關就能將我們祖上打拚下來的商行關起來啊！」陳茂嘆著氣搖著頭。

月明星稀的夜晚，月光打落在陳宅的茶几，此時一朵烏雲飄來，遮住了月光，而就在這個夜晚，束手無策的陳茂心中出現了一個可怕的想法，雖然這個想法在陳茂腦中一閃即逝，但事情最終的演變是一開始製造事件的陳望雄所始料未及的。

當晚，陳茂來到了女兒陳櫻的閨房中，輕輕翻閱著著陳櫻在高等女學校讀的課本。

「阿爸，我這次考試又得了全年級第一名，終於超過之前總是第一的田中和枝了。」陳櫻拿著成績單對父親露出驕傲的笑容，而陳茂看著這樣青春聰慧的女兒，實在也不忍就這麼將女兒就這麼嫁至林家。

「さくら*，妳想去日本讀書嗎？」陳茂看著女兒桌上成堆的書本，輕輕問著。

「當然想，只是林家那邊……。」陳櫻方才的笑容就像洩了氣的皮球，頓時變得黯淡。

看著女兒為了此事憂鬱的樣子，更加深了陳茂的決定。

「阿爸會去與林家談談。」摸了摸女兒清湯掛麵的頭髮，陳茂露出慈愛的笑容，陳櫻點了點頭，臉上隨即恢復燦爛的笑容。

走出陳櫻房間，陳茂立刻吩咐妻子備好行李，自己準備親自南下至林家謝罪，並商討是否能夠暫緩陳櫻婚事。身為一個父親，比起事業，他最終還是決定守護女兒的笑容。就像望雄對著自己大聲疾呼的那樣，他不能放棄陳櫻的未來。

* さくら、即桜的日文唸法sakura。

時值盛暑，暑假返家的林春生與中學校時期的友人一同在公共泳池游泳，十七歲的身體在陽光下揮灑著汗水，水池中的水花濺上了岸邊，少年們坐在池邊喝著玻璃瓶裝著的冰涼汽水，青春像是永遠也揮霍不盡般，在夏日中閃閃發光。

而在不遠處後山的林家大門口，風塵僕僕的陳茂按了門鈴，管家阿福急忙到門口迎接。早已收到陳茂即將來訪消息的林成民，卻仍自在地在窗邊澆著蘭花。此時的林家採光明亮，寬廣的客廳別緻地置著西洋式傢俱，雖然主體依舊是台式家庭擺設，卻多了現代化的時髦氣息。

「林兄。」陳茂將伴手禮交給管家後，隨著管家進了門，一看見林成民便九十度彎腰鞠躬。

「阿茂，你知道我願意給你這個合作的機會，就是看上你做人老實。」林成民點燃香菸，白煙從口中冒出，「但是這次的確是從你們那邊出問題的，如果我又破格幫了你，其他的商行也會說話的。」

「是。」陳茂默不吭聲，他曉得林成民做事的方式，也明白他是不可能為自己這小小一間商行破例，得罪其他大商行的。

林成民將菸捻熄至桌上的煙灰缸，朝著陳茂走來，拍拍他的肩。

「阿茂啊，這次事情處理好，我們還有很多合作機會，你不辜負我的信任，我也不會虧待你的。」林成民背對著陳茂，以只有兩個人聽得見的聲音說道。

陳茂低著頭，想起女兒那張燦爛的笑容，但這種情況下，他卻怎麼樣也問不出口。

這時從游泳池剛游完泳，汗流浹背，只穿著一件白襯衫的春生回來了，他一手拎著裝濕掉泳衣的袋子，一手捧著用紙包著的紅豆餅，邊滴著水邊逕自走到客廳。

「阿爸，我回來了。」高瘦健壯的春生，被陽光曬得稍微黝黑，卻無法掩飾他他俊秀燦爛的笑容，他看見客廳與父親談著公事的陳茂，恭敬有禮地對著陳茂鞠躬，「阿茂叔，你好。」

「春生，久不見面，又長得更高了。」陳茂看著眼前的青年，客套地乾笑著。

「春生啊，你去換套衣服吧，小心感冒了。」林成民並未注意陳茂那稍有尷尬的笑容，只是歡喜地望著自己益發出眾的兒子，催促著他去換衣服。

「對了，阿母，阿母，我買了妳喜歡的紅豆餅。」春生邊拎著滴著水的袋子邊走邊跑向了廚房，水滴在磁磚上，在午後陽光的照射下像鑲嵌著一顆顆鑽石般。

陳茂看著林家此番幸福的日常光景，也不願多加打擾，「林兄，那麼事情我會處理好的，就不多加打擾了。」

「阿茂，不留下來吃頓飯嗎？」林成民像是因為兒子的歸來，心情變得相當好，陳茂小心翼翼地觀察著林成民，覺得似乎是個機會，於是悄悄地向林成民提了想讓女兒陳櫻延後完婚的想法，陳茂儘量講得客氣婉轉，但林成民卻板起了臉。

「阿茂，我們都是為人父母，你為さくら讀書的一片心意我也瞭解，這件事讓我再思考看看吧。」林成民即使感覺有些不滿，但依然表示願意商量。

「林兄，真的各種對不住，我這麼單方面地麻煩你。」陳茂的頭低到不能再低，林成民連忙將他扶起。

「我們之間何必計較這些呢？」

「春生好不容易休假回來，我就不打擾你們天倫之樂了。」陳茂又再度鞠了鞠躬，隨著管家走出了林家大宅。

午後的陽光在扶疏的山林中閃閃發光，陳茂離開時，回頭望著這棟華麗的洋樓，洋樓中傳來著這家人幸福生活著的聲音，他低下頭坐上了汽車，而此時的他沒想到，當他再度造訪這棟美麗的建築時，卻將是這家人毀滅之時。

陳茂回到台北時已經深夜，他一回到家，兒子陳望雄已坐在客廳中等待他的歸來。

「阿爸，今天談得怎麼樣？」陳望雄焦急地問著父親。

陳茂嘆了口氣，疲憊地坐倒在椅子上，便將今天的結果與陳望雄說了一遍。

「哎，那批貨我明明親自檢查過，怎麼可能會有問題……。」陳茂扶著額頭，深深嘆了口氣。

「阿爸，若我們真的填了這筆貨，我們陳家也沒有以後了啊。」陳望雄在一旁煽風點火著，「這很明顯是林家的問題，硬要我們扛下來，這次我們扛了，下次呢？」

陳茂煩躁地站起身走回房間，陳夫人陳江菊不安地跟在陳茂的後方也進了房間。陳江菊看著陳茂的樣子，走到了他的身後幫他脫卜了外套。陳江菊長得相當普通，但卻是出身於有錢人家，一直以來，陳江菊也時常利用江家的背景支柱著陳茂。她雖是有知識、有想法的女性，但思維仍舊維持著傳統女性思維，而且尤其疼愛長子望雄，總是在各方面處處維護著他，而這次也不例外地，在陳茂詢問起她的意見時，她毫不猶豫地站在了陳望雄那邊。

「阿菊，妳說這該怎麼辦呢？」陳茂疲憊地問著妻子。

「我覺得望雄說得對，」陳江菊邊說邊將陳茂的外套掛了起來，「這次你也只能對不起林家了。」

陳茂聽了妻子的話之後沉默了良久，用手巾在房內的水盆汲了水，擦了手腳與臉便草草上床睡覺。

睡夢中陳茂夢見林家在自己走投無路時，強逼著陳櫻嫁到那棟高大美麗的洋房內，陳櫻穿著紅袍，哭著與自己告別，她的那些書本散落一地，就這麼坐上前往林家的汽車，任憑他如何追逐，汽車的身影就這麼消失在他的視線。

妻子與兒子在他身邊，巨大得像兩座山圍著他，口裡不斷地喃喃地唸著，「都是你，阿爸都是你。」陳茂摀住耳朵，那聲音卻愈來愈近，漸漸不像是從耳邊傳來，而是在他的腦海中，不斷輪迴、不斷大聲地播放著，震耳欲聾卻無法停止。

就在此時，陳茂醒了，一切都安靜了下來。他悄悄地走下了床，往女兒的房間走去。月光穿過窗櫺，照著陳櫻潔白的蚊帳，她安穩地躺在床上睡著，呼吸均勻地起伏著。陳茂這才鬆了一口氣。他回想想著這段夢境，不，自己不能讓這麼可怕的事情發生，他必須在林家有所動作之前，先下手為強。

這一切都是林家開始，逼著自己承受這莫須有的責任開始的。

陳茂悄聲地走回房，在他下了這個決定之後，心中感覺輕鬆了大半，他爬上紅眠床，看著妻子日漸生出皺紋的睡顏，她這樣跟著自己也沒過過一天好日子，雖然貴為茶行老闆娘，但每天該做的事情還是一樣不少。陳茂心想，總有一天要讓妻子不用這樣操勞。於是他心中那個可怕的想法逐漸成形，不只是使這次貿易的事情徹底失敗，為了斬草除根他必須做得更多、他必須做得更多。想著想著，陳茂終於艱難地進入了睡夢之中。

◈

就在數日之後，說會處理好貨款的陳家，卻一點消息也沒有，發了電報過去也是石沉大海。英國買家方面則開出了最後期限，林成民對於陳家這次的紕漏本來早已感到相當不滿，陳茂的冷處理也令他感到更加憤怒，他想起那天陳茂來拜訪自己時，提起婚事延遲的事，想必當時陳茂就已決定讓這次的貿易合作失敗了，這不僅是對他的失禮，同時也像是看不上自己兒子的說詞。

林成民想到這邊，站了起身，憤怒地將裝滿三得利威士忌玻璃杯往地上砸。

聽見父親摔東西的聲音，春生立刻敲了敲父親的房門，走進察看發生什麼事。

「阿爸，什麼事讓你氣成這樣？」春生小心翼翼地問著。

「還不是你那阿茂叔，他這次想背叛我們了。」林成民氣憤地看著滿地的玻璃碎片，「說什麼さくら要去留學，都只是藉口。」

「也許他們有什麼苦衷吧，阿茂阿叔不是會這樣輕易背叛別人的人。」春生委婉地幫陳家說著話。

「哼，你還替他們說話，他們這是嫌棄你。」林成民擺了擺手，「算了，你也不要再說，這件事情我會處理，暑假你就好好休息，多讀點書吧。」

春生點了點頭，走出了父親的書房。其實對他來說，比起父母決定的婚事，更嚮往著當時社會開始逐漸流行的自由戀愛，在東京留學時，東京人自由奔放的戀愛觀深深地影響著他，不過，身為貿易會社的長男，又是唯一的獨子，他明白婚姻注定無法依照自己意願來抉擇。

他走出房外，母親帶著女傭正要去清理父親書房中的碎玻璃，被他制止了。

「讓阿爸自己一個人想一下吧。」春生將書房的門關起，拉著母親離開。

林家夫人林錢鳳珠是個相當傳統怕事的女人，她雖也受過高等教育，但教育似乎沒在她的腦中留下任何痕跡，只空有一張美麗的臉龐，而兒子春生也恰恰遺傳到了她那俊俏的外表，這也是她此生最自豪的事。不過除了美麗的臉龐外，她的人生只知道侍奉丈夫、撫養兒子，其他丈夫生意上有關的事一概不知。雖說身為林夫人，倒也不用做什麼事，瑣事由下人去做，大事由丈夫決定，她唯一必須做的就是當個家庭女主人的精神象徵守護著這個家庭即可。

總是摸不清丈夫想法的林錢鳳珠嘴裡小聲地叨念著，像是忽然想起什麼似地拉著兒子就往廚房裡去。

「春生啊，這是阿母女學校的同學和田太太自己做的カステラ*，她阿母的老家就是做カステラ很有名的店哪。」林錢鳳珠興奮地切了一大塊，放在盤子裡遞給春生。

「我在東京的時候也有吃過，吃看看和田太太做的有沒有不一樣。」春生遺傳到母親嗜吃甜食，兩人常一同交換著甜食分享。

「怎樣，好吃嗎？」林錢鳳珠睜著美麗的雙眼，期待地盯著春生。

「好吃，比文明堂賣得還好吃。」春生邊吃邊切了一塊，餵給母親。

「啊，よかった**。」林錢鳳珠開心地拍著手，邊張著嘴接過兒子餵來的蛋糕，感到相當幸福。

在一旁的管家阿福看著主母與少爺吃著甜食一臉享受的樣子，忍不住笑了出聲。他十歲那年被賣至林家，與當時也還是十歲的林成民一同成長，雖說是下人，但林家總是待他如同自己

* カステラ，蜂蜜蛋糕。
** よかった，日語「太好了」的意思。

家人一般，在林家兩老去世後，他就決定要奉獻自己的一生照顧這個家，為了林家盡心盡力，使林成民能夠安心在外打拚。

「阿福叔，你也來吃啊。」春生也拿了刀豪邁地切了一大塊放到阿福盤中。

就在林家持續著這般平靜的日常生活時，窗外滿月逐漸地被烏雲籠罩，霎時之間颳起了風，捲起了泥土及落葉。

「感覺像是要下雨，我先去把外面收一收。」阿福放下吃了一半的蛋糕，逕自走到後院整理物品。

就在此時，林家響起了電鈴聲。

一名名為阿娟的女傭放下手中的針線前去應門，孰知便在開門的那剎那，來者砰的一聲悶響，阿娟便中槍倒地身亡，黏稠的血跡染紅了林家大門的門檻。

「發生什麼事？」林成民從書房跑出來察看時，一名身穿黑衣，臉部用黑布罩住，只留下雙眼的人直直走進客廳，熟門熟路地在林宅中走著，舉起槍便指著林成民。當春生與林錢鳳珠從廚房衝進客廳那剎那，黑衣人扣下板機，林成民就這麼地在他們面前倒下，怵目的鮮血在光潔的地板上延伸，林錢鳳珠忍不住尖叫，而黑衣人則再次扳開保險，將槍對準春生。

「不、不、不要殺我們春生，要殺殺我、要殺殺我！」林錢鳳珠連忙擋在春生面前，一把推開春生，歇斯底里地大吼。倒在地上的春生從來沒見過母親這麼慌張、這麼大聲說話，母親一直以來總是樂天優雅地活著，他連忙爬起身站了起來，護在母親面前。

黑衣人像是欣賞著他們互相保護對方的樣子，輕輕地笑了出聲。

「春……春生，你聽阿母說，你快逃，你快逃出去！」林錢鳳珠全身發抖著，深吸了口氣對著春生說，接著一把推開春生，往黑衣人撲去。

「阿母！」春生大喊著，但子彈就這麼當著他的面，貫穿他母親的額頭，「阿母！」

瞬間悲傷、憤怒充滿了春生，正當他要撲向那名殺手時，殺手對著他扣下了板機，這時一名名叫阿春的女傭邊大喊著邊跑了過來，擋在他面前替他擋了那發子彈，「少爺，跑啊！」

女傭的哭喊讓春生清醒了過來，他連忙從後後門跑出林家，此時點點雨滴開始滴落，須臾之間，變成了傾盆大雨。春生翻出了林家後院的牆，往山裡面跑去，那名黑衣殺手在對春生窮追不捨，就在這場雷電交加的夜雨之中，春生跑了許久，體力也逐漸不支。

當他跑至一條山澗，前方已無路可走時，他回首一看，那名黑衣人也正拿著槍氣喘吁吁對著他。

那沉悶的，如慶賀的鞭炮聲一般的聲響，砰砰兩聲，子彈穿過黑夜、穿過傾盆大雨、最後進入了他的胸口。

春生的腦中，還想著方才與母親分食蛋糕，那充滿著歡笑快樂的場景。腦中滿懷的剩下那些美好的片段場景，他向後跌入那條山澗之中。鮮血汨汨流出，與山間的水、夜雨全部混雜在一起，他就像溶解在這冰冷的山與夜晚，身體逐漸失去溫度。才剛開始探索著這個世界樣貌的，十七歲的林春生就這樣隨波逐流，就這麼帶著滿腔的憤怒、迷惘、悲傷、不甘，在夏日的雨夜之中逐漸死去。

滿月之夜，萬神父獨自從教堂走到接近後山的河邊散步禱告。雨後，滿月終於從烏雲之中浮現，變得更加皎潔，河邊的植物在經歷過剛剛那場大雨的沖洗，在月色下閃耀著銀色的光輝，這一切美好的風景無不是天父的餽贈，他帶著感恩敬畏的心走出教堂欣賞著風景。

就在他邊哼著歌邊走往河邊時，忽然看見蘆葦叢中卡著一名滿身血汙的青年，神父大吃一驚，連忙上前去探了探他的鼻息。

這名少年雖然還尚有鼻息，但氣游若絲，他的生命正一點一滴地消失。

萬神父看著眼前這名垂死的少年，陷入了遲疑。

萬神父曾經是一名優秀的醫學學者，他窮極一生都在研究著醫學知識，並幫助了許多苦於病痛苦難之中的人們，但無奈逐漸年邁的身軀終究將會走到盡頭。當時某天，他的一名學生來跟他坦承自己是吸血鬼的事實。萬神父雖然聽說過許多吸血鬼的事，但還是第一次接觸，就在聽聞該名學生說吸血鬼可以擁有無盡的壽命時，一身病痛、卻想繼續研究的他請求那名學生將自己變成吸血鬼，他願意付出任何代價。不過就在萬神父成功地成為吸血鬼後，他從此便無法在日間活動，而他變成吸血鬼這件事跡敗露後，他與他的學生遭到通緝，最後學生被捕，被處以火刑而死。

萬神父一路逃跑，最後他混入東印度公司的船逃到了萬里之外的東方，即使變成吸血鬼，但萬神父堅信著神不會因為他是吸血鬼而背棄他，那成為吸血鬼而延長的人生，是為了救助更多人而存在的，最後，他帶著懸壺濟世的使命來到了台灣島，並在此落葉生根居住了幾百年。

萬神父看著躺在草叢的春生，他傷勢已經無法醫治，臨死前雙手仍緊緊握拳，像是無聲地宣洩著僅剩的那些不甘。

神父看著天上皎潔的明月，想著上帝既然讓他遇見自己，必定有其意義存在。少年握拳的雙手，就像當年那名學生來找自己坦白時的樣子。

「正因為我是吸血鬼，我能夠發誓自己可以將無盡的壽命貢獻於醫學的研究。」

那名學生說的話言猶在耳，但他卻早已不存在於這個世界的任何地方了。

看著眼前的少年，萬神父深吸了口氣，彎下腰，在春生的脖子上咬了春生兩次。

第一次是吸取血液，作為供奉的象徵。

第二是收取其生命，此後此人將作為吸血鬼不老不死。

願神祝福這孩子，神父在心裡這般想著。他雖不知這少年經歷了什麼，也許在他重生之後會無法接受這個事實，也許之後的生命之中，又將會遇見比過去更加坎坷的苦難，但他仍然誠心地向神祝禱著，願神保佑著這孩子。

「少爺！少爺！」遠方阿福的聲音淒切地叫喚著，神父見是山頂那棟別墅的管家，便對他揮了揮手，阿福看見神父揮手，連忙跑了過來。

看見癱軟的春生，阿福悲慟地痛哭失聲。

才一轉眼，回到屋內，卻見到滿室鮮血，所有人都慘死在槍下，他到處找尋著唯一失蹤的春生，卻得到這樣的下場……

「請安心，我會救活他的。」神父拍了拍阿福的肩膀，讓阿福抱著春生到他的教堂內治療。

於是，在十五皎潔的明月下，神父拖著長長的影子，長長的袍子被蘆葦的夜露沾溼，他昂首帶領著阿福以及癱軟的春生來到教堂。

隔大，林家血案震驚了全台灣，林家全家滅門，林少爺不知所蹤。這個新聞自然也傳到了陳家。陳望雄看見新聞版面，急急忙忙地撕了下來，跑到父親的辦公室。

「阿爸，這……這是怎麼回事……。」陳望雄內心的不安不斷地發酵，他只希望這一切不是父親所為，因為一開始將貨物調包的人就是他啊。

「既然你是我兒子，我就跟你說了，」陳茂平靜地放下筆，摘下金絲眼鏡，「我只是為了保護陳家。」

陳茂的回答令陳望雄震驚地跌坐在地上。

他只是希望父親不再巴結林家，他只是希望妹妹能夠追求自己的理想啊，但為何到最後會演變至這種結果，這完全不是他的本意啊。

陳茂不解地看著兒子如此反常的反應，當時不斷逼迫自己與林家切割的兒子，為何是這種反應？陳茂心中也忽然有種不祥的預感。

「你是不是有什麼事情沒跟我講？」陳茂像想起什麼似地站起身拉起坐倒在地上的兒子的衣領，激動地大聲詢問。

「貨……要給林家的貨，是我換掉的……。」陳望雄流著眼淚，結結巴巴地說，「我只是不想……不想阿爸你們事事都順著林家啊！」

陳茂氣得全身發抖，憤怒地甩了兒子一巴掌。自己居然就這樣，辜負了那麼看重自己的林家老爺，還……他看著陳望雄撕下的那枚報紙，上面林成民的肖像，就這麼直勾勾地盯著自己，像是質問著自己一般，他慌忙地蹲在地上，雙手顫抖地將那張報紙撕成碎片，搖搖晃晃地站起身，靠在牆邊，雙眼溢滿眼淚。

「阿爸，阿爸，我真的不是故意的……。」兒子哭泣叫喚的聲音，他充耳不聞就像沒聽見般地，扶著牆壁久久無法回神。

夏日午後的陽光照進陳茂的書桌，他看著那道陽光，想起那天他拜訪林家的那個午後，抽著菸、站在窗邊為蘭花澆水的林成民，提著濕淋淋衣服返家的林春生，他們一家是多麼地美好，就像自己也盼望的那樣，美好的家庭生活。那一切如今全都像虛幻的泡沫、像夏日的光影般破滅了，自己成了滿手鮮血的罪人。

不，自己並沒有做錯，陳茂擦了擦眼角的淚想，這一切都是為了保護這個家而已。

他轉過身看著自己那正坐在地上瑟瑟發抖的兒子，深吸了一口氣。

「你今天對我說的事，不准再對第二人說，知道嗎？」陳茂咬著牙斬釘截鐵地對著陳望雄說，坐在地上啜泣的陳望雄點了點頭，「給我站起來！整理好再出去。」

語畢，陳茂走出辦公室，返家讓妻子準備行李，他準備再度造訪林家那棟氣派的洋樓。

春生敲了敲牡丹的房門，牡丹腫著雙眼為春生開了門。

「剛剛在哭？」春生以一貫的笑容問著牡丹。

「沒有。」牡丹結結巴巴地否認，但桌上擦淚的手帕卻出賣了她。

春生走進房內，逕自坐在桌前，「這邊可以看到陽光，我以前常常這麼坐著。」

牡丹輕輕闔起了門，走到春生旁坐下。

「這個，是山下教堂萬神父給妳的見面禮。」春生從懷中拿出那個紅色的精巧絨盒，並打開盒子，牡丹看向盒內那枚美麗的寶石戒指看得有些著迷，「手給我，我幫妳戴上。」

「這個很貴重吧？」牡丹歪著頭端詳著戒指。

春生笑了笑，拉過牡丹的手。牡丹感到手上一陣冰涼，將視線轉向春生，看著夜晚的火光映照著春生也正好望著自己的那雙淺褐色瞳孔，倒映著火光、也同時倒映著自己。兩人四目相對，牡丹有些反應不過來，別過了頭，春生笑了笑，拿出戒指，輕輕地將指環套在了牡丹的無名指上。

牡丹望著自己手上的戒指，轉頭看了看春生。

「很美麗，很適合妳。」春生看著牡丹誠摯地說道，牡丹開心地微笑著，看著她如此單純無邪地笑容，春生想著神父說的話。

「你若是失敗，那個與你結婚的女子將會過著什麼樣的人生呢？」

春生看著牡丹的笑容，那曾被她父親出賣的笑靨如花，自己若是失敗，她的人生將會如何呢？自己與牡丹那個只會賭博的爛賭鬼父親又有什麼兩樣？春生怔怔地看著牡丹的面容，在夜晚的火光之中，隨著燭光搖曳著，他復仇的意志在她的面前就像漸漸遭到融解般，這使他暗暗心驚。

春生連忙站起身，對牡丹微微一笑，「那麼，お休み。*」

「お休み。」牡丹也連忙站起身，對他點了點頭說。

目送春生走出房門後，牡丹重新端詳著手上的戒指，她這輩子沒看過如此精巧的首飾，但即使如此舒適的生活，那些生長於村庄之中的流言蜚語仍然如藤蔓般緊緊纏繞著她。她今後的人生，只能困在這棟氣派的洋房之中，期許著上天能賜給自己些許的好運。

想起春生那雙望著自己的褐色眼眸，牡丹不禁滿臉通紅，但關於他那溫柔笑容之後的神祕，卻又不禁使牡丹嘆了口氣。

窗外的樹影隨著風搖曳著，牡丹獨自一人坐在桌前，對著垂淚的蠟燭思想著這一切總是由不得她做主的命運，最終緩緩地寬衣上床睡覺。

躺在精美的雕花眠床上，牡丹將頭轉向朝著春生書房的方向，隔著白色蚊帳看著漆黑的牆，暗自希望能夠更了解這個男人身後的未知。

春生獨自一人在漆黑的房中，回想起那個夏天，被救起之後甦醒過來的他躺在神父的床上。就像深深地睡了一覺般，昨日猶如一場惡夢，但正當他掙扎著奮力坐起身時，身體的疼痛卻提醒著他，那並不是一場夢。

阿福坐在一旁靠著牆壁疲憊地睡著，四周是一片潔白，窗外的藍天漂浮著悠閒的雲朵，就

---

* お休み，日文的晚安。

像什麼事情都還未發生一般。

「你醒來了。」忽然傳來了人的聲響，春生猛然一個轉身，看見一名白髮蒼蒼的西洋老人笑盈盈地走了進來。

「這裡是哪裡？」春生瞪大雙眼激動地問著老人，而他的聲響驚醒了阿福，「我阿爸阿母呢？」

「少爺！」見到甦醒的春生，阿福也是無比激動，「少爺啊！你終於醒了！你這一睡睡了五日了啊！」

「我阿爸阿母呢？」春生激動地大喊著，牽動到傷口又是一陣劇痛，他臉色蒼白地撐著身體瞪大眼睛對著阿福問。

「少爺，」阿福還沒說就先留了兩行淚，「只有你活下來。」

「你說什麼……。」春生咬著牙撐著搖搖晃晃的身體問，但就當他問出口時，那晚的回憶再次如浪潮一般湧入他的腦海，「你說……。」

在回憶湧上腦海的那刻，春生蒼白的臉頰上淚流滿面。

陽光打在沉默潔白的房間之中，神父拉上窗簾，房間頓時變得漆黑。而春生則感到自己的人生在這瞬間崩解，悲傷在心中無止盡地蔓延著，眼淚滴在潔白的被單上，擴散成一個淺淺的圓。

待春生稍微冷靜下來後，神父淺藍色的雙眼看著失魂落魄的春生，輕輕地遞給春生一條十字架的項鍊。

「林先生，從現在開始，你要仔細聽我的話。」神父一字一句嚴肅地說著，「你已經不再是原本的人類了。」

春生緩緩抬起頭，無神地端詳著神父。

「你不再是人，正確地來說，原本的你已經死了。」神父娓娓道出他重傷那天所發生的事，包括為了救活他使他成為吸血鬼的事情。

春生聽著神父所說的話，就像聽著遙遠的地方發生的莫名其妙的事情般，一點也不真實，面對神父的話，他只是以淒然的表情，怔怔地望著前方沉默不語。

「這對你來說，也許無法接受，今天就先到此為止吧，你好好休養。」神父見他狀況並不是非常穩定，簡單地講完後，站起身走出門外。

「少爺，這個剛開始我也不相信，但是神父說的都是真的，那時候，你流了那麼多血，是不可能活下來的。」在神父走出房間後，阿福邊擦著淚邊對春生說。

春生沉默著。

「少爺，就算你無法接受，但是你一定要活下去啊，不然這樣老爺太太會死不瞑目的……。」阿福握著春生冰涼的雙手說。

那雙手，自從那天就是如此地冰冷。

「阿福，你說，我要怎麼活？」過了半晌，春生緩緩地開了口，像陳述天氣般的語氣問著阿福。

「這個……。」阿福一時也不知道如何回答春生，「好死不如歹活啊！活著，就可能會發生更好的事……。」

春生看著阿福，慘然地再度流著淚，「為什麼會這樣……。」

一夕之間，所有的事物全都崩塌，白晝的人生遭到剝奪，這個世界猶如陷入一場永夜，他的人生頓時昏天暗地，四周不見五指。徬徨、悲傷、痛楚混合著，使春生再度陷入睡眠之中。

於是他就這樣終日往返在清醒與睡夢之間、痛苦與過程之中。夏天的蟬在秋天到來時死去，冬天亦復在秋天之後凍起那些人間悲劇，就在最為苦寒的那天過去之後，萬物漸漸復甦的同時，春天來到，就在如此一番苦難之中，夏季又再度到訪。

為了讓春生更快重新振作，神父也將自己這幾十年來在海外的貿易資產交給春生經營，就在這麼一來一往之間，春生逐漸康復振作，並且開始調查著當年林家滅門血案的真相。

那個他追尋已久的答案，終於在多年後得到確認。

這麼多年以來，他就是這樣為了復仇而活著，他的每次呼吸、每個重複著苦痛的日子都是為了血刃凶手的那天而存在，但如今這個信條卻在遇見牡丹之後開始動搖，春生邊回想著過去邊閉上雙眼。

要是沒能殺死凶手，那麼家人的死就將輕如鴻毛，他害怕、也不願這樣的事情發生。

夜晚，獨自在書房的春生，就這麼在做與不做間徘徊，最終迎向了黎明的到來。

◈

翌日中午，假寐了一陣的春生起床後，聞到一陣食物的香味，他沿著氣味的方向走去，緩緩地來到那他以久未踏入的廚房。悄悄地靠在門邊，他看著在廚房中掀開鍋蓋時瞇起眼的牡丹。雖與自己十指不沾陽春水的母親不同，但那相同的空間，母親在廚房捻著女傭剛煮好的菜偷吃的身影，在不同的時空中，在他的腦海中居然就如此地重疊著。

一縷光從廚房的窗打在牡丹有些散開的髮絲上，春生看得有些恍惚。

春寒料峭的風吹著，日光和煦，光線在樹影之中徘徊，彷彿年歲不曾通過，那些明明就如同昨天一般的日常，也彷彿觸手可及，卻早已變得遙遠。

今日阿福不在，特別交代牡丹不能讓那些侍女們進廚房，並麻煩牡丹幫忙下廚。牡丹雖然不知為何不能讓侍女進廚房，但也一口答應了。終日在這棟大房子之中閒來無事，對牡丹來說下廚可是份好差事。

就在牡丹正興高采烈地大展身手的同時，也完全沒注意到春生就這麼靠在門邊，直到正要轉身拿餐盤時，才終於注意到春生靠在門邊，怔怔地不知道在那站了多久。

「就快好了。」牡丹被注視得有些不習慣，故作忙碌地低下頭對春生說。

「嗯。」春生只是應了一聲，點了點頭轉身往餐桌走去。

看著春生沒有如平常一般那樣謙和的笑容，牡丹皺了皺眉，但仍然繼續手邊的工作。

待牡丹端出菜餚至餐桌時，春生早已恢復平時的樣貌，幫著牡丹將餐盤擺上餐桌。

「我簡單煮了幾項，不知道你吃不吃得慣……。」牡丹幫春生盛了一碗白飯說道。

「嗯，多謝妳了。」春生點點頭，接過牡丹遞來白飯，「妳也快來吃吧。」

「嗯。」牡丹脫下罩在衣衫外的白色圍裙，掛在一旁後也坐下來吃，兩人低著頭沉默地吃著午餐，就像一對平凡的夫婦一般。

「很好吃。」春生看著觀察著自己的牡丹說著。

「嗯。」牡丹點了點頭後，才真正開始進食。

春生想著自己昨日最後做的決定，又看著牡丹，心中感到一陣愧疚。而牡丹觀察著春生的表情，也捕捉到他這一閃而過的陰沉。

「心情不好嗎？」牡丹儘可能講得自然，像談論天氣一般，但卻顯得突兀。

「等一下吃飽飯，跟我來一趟書房吧。」春生沒有正面回答牡丹的問題，只是淡淡地道。

牡丹懷著忐忑不安的心情點了點頭，她看著春生，不知為何卻升出一種別離的預感。自結婚到今日，春生總是以禮相待，雖然自己是被迫嫁進這棟大宅之中，但春生所做的一切都相當反常，明明早已是夫妻，但兩人卻依然保持著某種無法前進的距離。這幾日來，牡丹也漸漸明白了，也許春生是有什麼盤算，這盤算使她不安，不過她並沒有選擇的餘地，只能聽天由命地往前行進。

午餐結束後，牡丹收拾好餐桌，隨著春生走進那長廊的深處，直到書房。

黑暗的長廊之中，只迴盪著兩人行走的聲響，牡丹緩緩跟在春生身後。

春生在長廊的底端停下腳步，往右轉開了門把，走進了書房，牡丹跟隨著春生也進入了書房，只見書房四周的窗戶被嚴實地以布遮住光線，只剩下一盞小小的油燈保持著屋中的光線，屋內的一角還殘存著玻璃杯的碎片，牡丹小心翼翼地避開了。

「這是我阿爸以前丟的，他不是個脾氣很好的人。」春生笑了笑，對著牡丹解釋著，並自顧自地拿起桌上的兩個信封，「這是這棟房子的地契，另外一個是我所有財產的通帳*，這些給妳。」

春生的舉動出乎了牡丹預料，牡丹不解地皺著眉頭望著春生。

「為什麼要給我這些？」牡丹被突如其來的進展嚇到，不知該如何反應，並後退了幾步，「這是要我走的意思嗎？」牡丹低下頭，深吸一口氣，淒然地看著春生問。

春生也對牡丹突如其來的反應愣了幾秒，然後笑了出來搖搖頭。

春生笑了笑，拿起信封放在牡丹手裡，「如果有一天我沒有回來，就別等我了，妳就拿著這些錢跟家人一起生活吧。」

牡丹抬起原本低下的頭，詫異地看著春生。

「你要去哪裡？」牡丹緊張地抓著春生遞過信封的手問，「是要去做什麼危險的事情嗎？」

春生沒回答，只是盯著桌面輕輕地搖了搖頭。

「還……還沒回門，你一定要回來，」牡丹心中不知被什麼驅使著，讓她備感著急，「這些，這些都還給你，我不需要。」牡丹將春生手上遞過來的信封塞回他手上。

牡丹推開了春生拿著信封的手，自己也不知為何心中升起的那股酸楚從何而來，她腦中忽然想起了那個在城隍廟忽然的雨天，他為她拿起頭上香灰時，兩人沉默看著雨景的那天。牡丹此使像是明白了什麼，那道不出說不明白的情緒終究勝過了在她心中捆綁著她的，來自這座宅邸外的非議，但即使如此，她也只是緩緩地別過了頭。

春生望著牆角那些生了蜘蛛絲的玻璃碎片，這麼多年來，他依然居住在這棟房子之中，那些父母曾經的痕跡總是提醒著自己，他厭惡著這種沒有盡頭的、黑暗的路，但就在他認為自己即將在這片黑暗中做個了結與解脫時，牡丹卻像是在那道無盡黑暗的盡頭，為他照進了光，他看著牡丹，還有那個她總是戴著的翡翠耳環。

在昏暗的書房之中，牡丹感受著自己的心臟的鼓動，不知是緊張、或是其他的情緒驅使，整個世界有如墜入深海般的寂靜，牡丹抬起頭，看著春生正注視著自己，兩人就這麼地望著彼此，油燈的光在兩人的眼中閃爍著，分別在互相的瞳孔之中倒映著自己。

* 通帳，即存摺。

滿月的月影打在月桂樹，光線通過樹葉的縫隙，傾瀉在窗台上。

埋首於事務中的陳茂抬起頭，望著窗外皎潔的滿月，他站起身，近日被稱為「民間總督」的日籍台灣茶葉實業家三好德三郎病逝於台北帝大附屬醫院，因此茶行貿易商之間又將開始另一場風波。在林成民死後的這幾年之間，陳茂雖然蠶食鯨吞了林成民大部分的事業版圖，但一方面，在日本的殖民下，日籍商人仍然把持著大部分的利益，另一方面，他也沒有林成民的手腕及見識，所以依然只能作為一個版圖稍大的茶行商人，在夾縫中生存著。

他不斷地後悔著十年前的那場悲劇，即使最後調查的結果被定案為入室搶劫，但在那件事之後，他幾乎夜不成眠，於是只好埋首於工作中，待體力消耗殆盡之後始得入眠。而兒子陳望雄在那件事之後，便整個人失魂落魄地，直到與地方上一名信用合作社課長的女兒、一名公學校的女老師結婚後才重新振作起來。

在隔了那件事後的第七日下午，他再度造訪那棟豪華的洋樓。那棟洋樓離他上次造訪，短短幾個星期之間，早已變得慘淡。按下電鈴後，只剩下唯一的管家阿福來應門。阿福為自己開了門後，陳茂假藉弔念之名，走進了被布置成靈堂的大廳。

林成民手植的蘭花枯萎在一旁，客廳之外的其他地方東西擺設雜亂不堪，陳茂小心翼翼地走到靈堂前，看著林家一家，包括那個林成民最引以為豪的兒子林春生的牌位，他雙腿一軟，跪了下來。

「對不起……對不起……。」他輕輕地將頭靠在膝蓋上哭著。所有的一切都毀了，毀在自己與兒子的手中，他全身發抖卻說不出話。從來，他這個人最被看重與推崇的就是他的老實及良善，但如今只因為一時的偏差與畏懼，他居然鑄下如此無法彌補的錯誤。

看著那美好的一家人，如今已經變成那炷清香後的牌位，陳茂那仍然濕潤眼眶對著三人靈位鞠躬著，他懷著內疚、恐懼，這個靈堂中令他感到壓迫，在上完了香後，他對著管家阿福頷了頷首，便急急忙忙地離開這座房子。

臨行前，他回頭望著那棟依然華美的洋樓，滿月映照著洋樓，如此美麗的景象，但他明白這一切的美麗就像詛咒般，從決定殺死林成民一家的那天起，將會永遠地跟隨著自己。

而在多年後的今日，陳茂看著窗外的滿月，再度想起了那棟洋樓的模樣，即使這幾年之中，那個村子仍然傳出了林家少爺還活著的傳聞，但當年那名殺手以及管家阿福都曾證言，那名青年身中兩槍而死，他並沒有理由活著。不過內心不知為何升起的不安，在今夜看見滿月之時不知不覺地爬滿了全身，陳茂為自己倒了杯酒，站在窗邊沉思著。

「阿叔，好久不見。」就在陳茂站在窗邊沉思，不知過了多久，背後突然響起一個男人的聲音。

陳茂轉過身，赫然看見春生站在他的身後，對他鞠躬。他完全不知道對方是什麼時候進入、也不知道他就這樣站在這裡多久了。曾經那個充滿生氣、容光煥發的高瘦黝黑青年，如今卻臉色慘白，對著自己滿臉陰邪地笑著。

「林春生？」陳茂手中的酒杯掉落，在地板上摔得粉碎。

「ご無沙汰しております*，不知阿叔近來可好？」春生笑容可掬地在陳茂的辦公室中來回踱步，「想不到阿叔竟然還記得我的名字。」

「你還活著。」陳茂很快地恢復了平靜。

「不，我已經死了。」春生卸下了笑容，冷冷地盯著陳茂，「拜你所賜，我們全家的人都死了。」

「你這是要找我報仇？」陳茂搖搖頭，「春生，殺死你爸的不是我，但若你要報仇……。」

春生聽著他的話，輕笑了出聲，「可是，那個你派來殺人的凶手，死前告訴我，說是你叫他做的。」

「春生，你認為阿叔有什麼必要殺人？」陳茂皺著眉佯裝有些憤怒地問春生。

春生看著陳茂半晌，冷不防地笑了出來，「阿叔，你這麼誠懇，我差點就相信了。你知道嗎？那個人手上戴的那隻錶，剛好就是我阿爸送你的那隻。」

陳茂盯著春生那不懷好意的表情，不知該擺出什麼姿態來應對。

「你知道，」春生緩緩地走近陳茂：「我為了今天走來這裡，走了幾年嗎？」

陳茂逐漸後退，春生褐色的眼珠瞪著陳茂，那雙跟他記憶中相同的雙眼，與林成民相似的眼神，就這麼帶著恨意瞪著自己，如同質問著自己一般凝視著自己，陳茂癱軟著坐在辦公室的地板上。

春生優雅地繞過書桌，邊觀賞著陳茂書櫃裡的書邊說：「殺人償命天公地道，對吧？」

他轉身冷冷看了地上的陳茂一眼，想起那天他剛大病初癒，在自己與父母葬禮的頭七，見到陳茂跪在地上哭著的畫面，當時他本以為陳茂是為了沒能阻止這件事情而哭，但沒想到在後來尋找證據以及他的所作所為，都將凶手指向了他。

「那就殺了我吧。」陳茂扶著牆站起身，「那就殺了我吧，反正我到最後都是為了守護這個家。」

「喔？這就是你殺人的理由？」春生緩緩走近陳茂，一把抓起他的衣領，他眼眶濕潤泛

* ご無沙汰しております，久疏問候。

紅，歇斯底里地大喊：「守護家族？我阿爸到底哪裡對不起你？我們全家到底做錯什麼？」

春生想著那個父親憤怒的夜晚，即使憤怒，父親還是願意給陳家顏面，而母親，那個樂天善良的母親又何錯之有？那些家裡的傭人們何錯之有？那個滿是鮮血的夜晚，那個子彈穿過身體的痛、那些日子之中的悲傷，就是他口中為了守護自己的家嗎？

而當時的他，就這麼帶著未知、悲傷、憤怒，就這樣孤孤單單地掉進山澗中邁向死亡，即使被神父救活了，但自己也是一個人不人鬼不鬼的狀態，甚至不知道人生該為了什麼而活著。

陳茂看著憤怒的春生，聽著他歇斯底里的質問，終於正視了自己內心當時的動機。他就是貪婪，他貪婪著林成民那份貿易版圖，當時他覺得要是奪來了那份家業，自己的家人就會變得幸福，自己也能在商界叱吒風雲。但事實上，他並不具有那份才幹，即使奪得了他的版圖，自己也充其量只是擴大經營規模罷了，那本屬於林成民的客戶也在這幾年之中大量流失，而他本身也活在被愧疚及良心折磨的地獄之中。

「對不起……。」陳茂低著頭，「你就殺了我吧，我也不願再這樣受良心折磨了。」

春生拿出一柄小刀，架在陳茂頸上的動脈，那柔軟，跳動著的血管，激發著春生的本能，他吞了吞口水，對陳茂邪魅地大笑著，就在陳茂與春生再次對視的同時，春生迅速地割開陳茂的動脈。

鮮血濺出，陳茂最後的目光就是春生那與林成民相似的眼神，在血霧之中他似乎看見林成民的容顏，但思緒卻隨著疼痛與噴發出的鮮血漸漸抽離，他眼前視野逐漸變得蒼白。

而飛濺的鮮血在此時卻激發了春生的本能，他像是喪失理智般撲上陳茂的頸部，朝著他濺出鮮血的頸部一口咬下，吸取著他那溫熱、流動中的鮮血。剩餘的理智無力阻止自己吸食血液的本能，他就這麼一邊在吸食血液的歡快中，一邊淚流滿面。

這是他最不願面對的、也不願為人所知的，那屬於重生後的代價，像是作為生命所繳出的供奉般，那是作為生的罪與罰。

在這個復仇、殺人的夜晚，他不得不去面對的，他如今的面貌。

月光皎潔，辦公室中沾滿了陳茂的血污，春生滿臉鮮血抬起了頭，悵然若失地拿出手帕緩緩擦乾淨了臉頰上的血跡，緩緩地、搖搖晃晃地推開陳茂辦公室的窗，輕輕地跳出位於二樓的窗臺。月色灑在他蒼白的面容，他仍然維持著十七歲的容貌，風灌進他的襯衫，在復仇後的人生，他像是失去活著的意義，茫然地站在夜晚的屋頂之上。

他就這麼站在屋頂上。

死亡能夠離開這個，悲傷、該死的命運，然後與那些自己所愛的人團聚，回到那個，什麼都還沒發生時的那個明朗夏日。

他閉上了眼睛，夜晚的風吹著他的髮絲、以及悵然若失的身體，但閉上了眼睛，他的腦中卻不知為何想起了牡丹，昨日夜裡看著自己的眼睛裡，倒映著自己的臉孔。

為什麼會想起她？他不知道，腦中有許多情緒湧現，無法思考。

混亂之中他跳下屋頂，沿著月色在台北深夜的街道中走著。台北城中整齊劃一的樓房，他在這座深夜的城市中，彷彿置身一場巨大的棋局，心中感到空洞，但在想起牡丹時的那一絲美好卻又使他感到錯亂。晚風吹拂著，他染著血的髮絲在夜色中輕輕地飛揚。如今他早就是雙手染上鮮血的人了，電氣化的街燈之下，他拖著擺脫不去的黑色陰影，一步一步地走著。一直以來，他的所有、他的一切都是為了復仇，就像他是為了這一天而活著、而出生在這個世界般，而復仇完的如今，他內心的空洞，正如神父所說不斷地擴張，而即使殺死陳茂後，他失去家人的悲傷依然沒有絲毫減緩，更不如說如今他終於意識到那股傷痛在了結後，又以更加清晰的姿態在他腦中迴盪著。

想到這裡，他不禁停下腳步，在空蕩的街道上笑了出來，他笑得不能自已，笑得淒切、笑得撕心裂肺，笑著笑著，他跪了下來，雙手撐著地面的石磚，抬著頭望著十五的月。

天理昭彰，但為何仍然無法化解心中的憂傷？

他什麼都不想了，他想回家。

他想回家。

但他早就沒有家了，那個家已經沒有看似嚴肅卻和藹的父親，也沒有那個總是看著自己傻笑的母親，什麼都沒有了。

他想回到那個屬於他與家人曾經擁有美好時光的房子，但一切如那些掛在牆上的照片，只能仰頭觀賞。

忽然在這個時候他感到更加孤獨。

他就是那個被留下來的人，從此孤獨地活著。

像夢一樣，全部都沉默地，過去一幕幕在他的眼前逝去，他有許多話想說，但仍舊是坐倒在冰涼的石板路上。

他想說話的對象，全部都聽不見了。

那些在心中的日思夜念，紛亂地暴走著，他痛苦地跑著、在黑夜之中，不顧一切地狂奔著，最終來到山中那條他曾經命喪於此的河。

已經了結仇人的他，只想與過去的自己做個了結，於是他緩緩走進那條河裡。

春寒料峭的河中，他毫不抵抗河的流逝，就這麼地任由冰冷的水淹沒自己的口鼻。

春天的山中充滿了霧氣，就在他閉上眼在黑色的水底逐漸失去意識時，眼前有道光一閃，他看見仍然是年輕時的父親與母親站在眼前。

「春生啊，我們要走了。」他們穿著像是當年全家要出遊時的衣衫，笑著與他告別，母親穿著她最愛的那件黃色碎花洋裝，「自己要保重。」

春生伸出手，在那道光之中想抓住他們，但他們卻有說有笑地愈走愈遠。

「阿爸！阿母！」他對著他們大喊，但父母只是轉身朝他回了揮手，於是他奮力往前爬著，一個往前時，他忽然被一股力量拉出了水面，他大口地呼吸著，不敢相信這一切。

他靠在河流旁的岩石上沉默地看著遠方，月光打在山林之間，波光粼粼。

此時眼淚緩緩地從他的臉龐滑落。

他終於不再虛偽地笑，而是悲切地嚎啕痛哭著。

四

つばくら（燕）

tsu ba ku ra

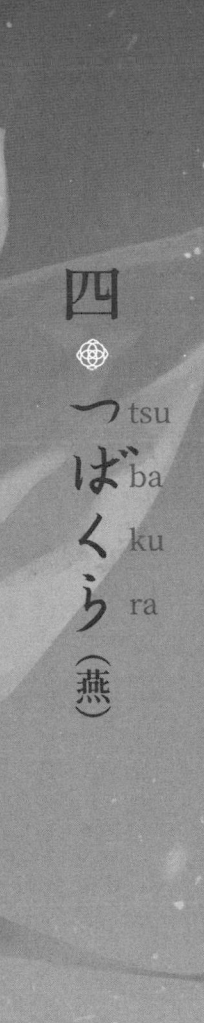

牡丹整夜徘徊反側不得眠，春生已三日未歸，而阿福被春生派往外地辦事，至今也依然未歸，牡丹就這麼待在這棟沉默的樓房中等待著。在這幾日中，她探索了這棟洋樓的所有房間，閱讀著春生書架上的藏書，就這麼打發著時間，但想起春生前幾日那視死如歸的話與神情，她擔心著他是否會做出什麼危險的事。

牡丹翻來覆去地想著，明明現實上他若回不來，自己帶著他的財產離開，帶著家人到新的地方落地生根，離開這個充滿流言蜚語的村莊豈不甚好？但想起春生那天的那句等他，牡丹便狠不下心腸離開。明明兩人之間並沒有發生什麼，甚至牡丹總覺得自己與春生之間有道無法跨越的坎，春生總是溫柔地保持著距離。雖說對自己而言並沒什麼不好，畢竟兩人也不是兩情相悅結婚的，但這還是與她對於婚姻的想像有相當大的出入。

不知道那個人，如今在何方做什麼呢？牡丹在反側難眠之間，離開了床，夜晚的月色穿越了窗外的樹，薄薄地在室內瀰漫起微微的光，牡丹走至大廳的門邊，從門邊的小窗看著窗外，十五已過，月亮也即將漸漸地變成殘月。

戀愛之於女性是為一種毒藥，能使女性心甘情願地拋棄所有對自己的利益，並將自己置身於在艱難之中，也許此刻的牡丹稍稍意識到，但她並不完全了解這樣複雜的心境是為何，只是悄悄地坐在玄關等待著自己心中所想之人。

就在一陣陰影擋住月光，使沉思中的牡丹回過神時，一陣開門聲，厚重的門被推開，全身濕透的春生走了進來。

看見坐在玄關的牡丹，春生愣了一愣，牡丹也愣住了。

「你回來了。」牡丹望著頭髮正滴著水春生，扶著牆站起身。

「嗯。」春生點了點頭。

在沉重的門闔上的瞬間，春生走向前緊緊地抱住了牡丹。牡丹對春生這突如其來的擁抱反應不及，濕冷的身軀，那真實存在的氣息，她這才意識到這幾日所等待的人終於歸來，她輕輕地也伸出雙手，擁抱著眼前抱著自己的男人，她的丈夫。

兩人在漆黑寂靜的玄關中相擁著，一如他們所處的，沉默、黑暗的世界。不需要話語，亦不需要解釋，春生將頭輕輕靠在牡丹的肩上，冰冷的吐息在牡丹脖子上那兩顆小小痣上，那是那天結婚時春生為她做的標記，春生感到孤單的淒涼也在此刻煙消雲散。

逐漸溫暖的夜裡，只剩下蟲鳴及微風吹拂著樹枝的聲音，像低語著一首沉默的詩。

半响，春生鬆開了手，牡丹假裝若無其事地解著他濕透襯衫的鈕扣，並轉過身去要拿毛巾。

「牡丹。」春生一把拉過牡丹的手腕，從身後伏在她耳邊輕輕地說著，牡丹回過頭，看著春生蒼白的容顏就在自己眼前，彷彿隨時都能夠感受到他的氣息，在寂靜的夜晚之中，那句話清晰地傳到牡丹耳裡，「我回來了，以後不會走了。」

幾日後的某個夜裡，牡丹正靠在春生肩上沉沉睡著，阿福開著汽車載著兩人準備回牡丹山下的娘家。稀落的街燈照著街道，而汽車則穿梭在夜色之中，緩緩行駛著。今日的夜空堆積著蒼白的雲朵，透露著將要下雨的預兆，春生望著車窗上倒映著自己的臉孔，每當看著那個從十七歲開始就不曾變過的長相，他就想起那個無法直射日光以及嗜血的「本能」。

他厭惡著如此見不得光的生活、也討厭著那渴望著血的「本能」。

雖然平時總是能以動物的血液控制住，但看見人血後的那種饑渴卻無法控制。

就像宿命、又像詛咒般緊緊地纏繞著自己，那張不臣服於歲月管轄的面容就像這一切的證明。就在他望著車窗凝思時，窗外下起了雨，雨滴打在玻璃、打在車窗倒映著的自己的容顏之中，變得凹凸不平。

果然，這個猙獰不堪的才是自己的真實吧，他笑了笑，望向靠在自己肩上睡著的牡丹，一陣酸楚湧上心頭。

「快到了。」他輕輕地叫醒牡丹，牡丹緩緩地睜開眼睛坐直身體。

「這麼快。」牡丹睡眼惺忪地對他笑著，頭髮微微地散開，春生看著她可愛的模樣，幫她將散開鬢角塞回耳後，微笑著點了點頭。

牡丹望著他眼頭的那顆小痣，覺得熟悉卻又不知曾經在何處見過。

汽車緩緩地停在張家門口，而張家則早就備好滿桌飯菜等待著牡丹的回門。春生提著行李，待牡丹下了車後，牽起她的手緩緩跨過門檻，走進張家大門。

「阿姊回來了！」牡丹剛進門，元山便迫不及待地撲向牡丹的懷中，緊緊抱著牡丹，而牡丹則是蹲下身子寵溺地摸著元山的頭。

「阿山，都沒有叫人，不是款！」祖母邊唸著，邊笑著領著春生與牡丹進入屋內，「先來拜拜、來拜拜。」

「阿嬤。」牡丹站了起身，低著頭走向祖母。

「阿嬤，我帶牡丹回來了。」春生生澀地對牡丹祖母說道。

「好、好。」老太太開心地點著頭，點了兩炷香，遞給牡丹與春生一人一支。

「阿嬤，春生他信神父的教，不拜拜的。」牡丹連忙拿過老太太正要遞給春生的香。

「沒關係，既然來了就一切依照習俗。」春生從牡丹手中拿過香，虔誠地對著張家祖宗的牌位敬拜著，牡丹見狀，也跟著祭拜。

老太太看著兩人的互動，欣慰地笑了笑，祭拜完後，便帶著兩人至餐桌前準備吃飯。

這時牡丹生注意到背後有個鬼鬼祟祟的身影，她知道父親不敢出來面對自己，便問了祖母，「阿爸呢？」

「哎呦，金發他沒面子出來見妳。」老太太搖了搖頭，將碗筷邊遞給牡丹。

金發在門外偷偷地聽見牡丹詢問著自己的事，連忙跑進門口。但即便如此，他對春生這個笑起來總是不懷好意的男人感到相當忌憚，只能沉默並小心翼翼地走至餐桌就座。

牡丹看著父親，表情複雜地別過了頭。

「阿爸。」反倒是春生，他站了起來用一貫的笑容語氣對金發打著招呼。

「嗯。」金發應了一聲，不敢直視春生。

「阿爸最近都有好好工作。」元山靠在牡丹的身邊撒嬌地說。

「嗯。」牡丹並沒多說什麼，只是淡淡地應答著。

「吃飯吧，別說這些了。」祖母拍了拍牡丹的背，金發尷尬地無言以對，只能沉默地低頭吃飯。

一家人就這麼在沉默之中吃著回門飯，牡丹在此刻淡然地覺得自己的人生輕如鴻毛，自從踏入那個屬於人生、屬於婚姻的紅色大門後，未來就這麼被鎖在門中，永遠只能隨著命運的波浪浮沉，也許生兒育女、也許就這麼過完自己的一生。母親曾說的幸福，就是如此的嗎？生為女人，就必須成為家裡的籌碼，出嫁後，也必須這麼卑微地過完這漫長的人生，即使所幸春生是個溫柔的人，但牡丹依然為這樣的宿命感到悽然。

牡丹的容顏即使帶著憂愁依然如此地美麗，春生望著牡丹的側臉，靜靜地在餐桌下握著她的手。

牡丹低頭看向被春生握著的手，充滿感激地望著他。

一年前的某日，春生正從台北歸來。

走在紅磚的騎樓中，夏日夕陽依舊猛烈，使春生渾身感到刺痛，於是他轉進身旁的一間常去的中藥行。這間中藥行表面雖然坐著中藥行的生意，事實上從店舖的暗門走進去，是個供人玩「麻雀*」的地方。日間閒來無事時，春生總會到這裡摸個幾局打發時間，待太陽西下後始得慢慢地走回家。

當時麻雀在台灣極為風行，而不只麻雀，天九、四色牌、骰子，也都是台灣民眾十分風行的，即使當時總督府頒布了骨牌[**]稅法，但仍不減台灣人對於賭博的熱愛，無論男女老少，甚至連許多知識份子都沉迷其中，對當時的台灣人而言，這是當時消磨時光的最佳娛樂。

春生走近中藥店內的麻雀間後，在小廝的帶領下湊了桌，麻雀正式開始。春生總是喜歡觀察著牌桌上那些素未謀面的人們，在賭局的表情變化。正當他斟酌著下張牌要怎麼打時，一名少女闖進了牌間，從他身邊經過，一把攪糊了隔壁桌面上排好的牌。

「阿爸，」少女拉隔壁桌的一名的男人，「跟我回去。」

那名男人畏畏縮縮地站了起身，「人家歹勢、歹勢……我……我要先來走了。」

牌桌上其他人罵聲四起，罵著那名少女不知好歹，一個女孩子如何能闖進這種地方搗亂等等，春生安靜地觀察著那名少女，她雖遭受責罵，卻沒有絲毫畏懼，只是拉著自己的父親離開。

正當少女離開之際，春生看見少女的耳上戴著一雙翡翠耳環。

那是與自己兒時伏在母親耳邊見到的，一模一樣的耳環。

---

* 麻雀，即麻將。

** 骨牌，指麻將、四色牌等等牌類遊戲。

母親有許多耳環，但他卻最喜歡這對。那是在他非常小的時候，母親身邊有位做事麻利的丫鬟，而她在出嫁時母親將那套耳環送給了她，他為此還跟母親鬥氣了一個下午。

春生沒想到會在這種場合再度見到母親曾經的物品。

「哎，金發有一天會賭到賣女兒喔。」牌桌上的上家，一名梳著油亮頭髮的胖子說道。

「真是，他們牡丹也真是，這種個性也沒人要喔。」坐在春生對面一名蹺著腳留著稀疏鬍鬚的中年人也笑著打趣。

春生靠在藤椅的椅背上，看著這個意志堅定的女孩撥開珠簾走出賭場，然後摸到了張東風，「自摸。」

被牡丹打亂的牌局也隨著其他人的遞補繼續持續著，春生本想就這麼在這間麻將館待到日頭完全落在山的盡頭後才悠閒地離去。但他看見女孩與那對耳環後，他急忙稱有事跟在那女孩與她父親身後，午後的斜陽照著她那對耳環閃閃發光。

他不知道自己是為了什麼跟著她，也不是要討回那對耳環，他就只是跟在她身後緩緩地穿越了大街小巷。

她離開了街上，往後山的方向走著，在往山邊的路上經過一排矮平房，平房內傳出一陣爭吵聲後，那名叫牡丹，闖入麻將間的女孩，蹲在平房附近的圳溝邊。春生走近一看，白天那名堅毅的女孩此時正蹲在溝邊流著淚，在她潔白的面容上，淚珠在月光的照映中閃閃發光。春生不由得怔怔地望著女孩哭泣的容顏，停下了腳步。半晌，女孩在祖母的叫喚下，隨即擦去了眼淚，若無其事走回了平房之中。

此時他忽然意識到自己尾隨的行為後，連忙轉身離開。

回到街上的他，站在街上的一角用火柴點起了香菸。但抽著抽著卻又覺得心煩意亂，他捻熄了抽到一半的菸，深吸了口氣，一旁坐在騎樓板凳上納涼的老人看他悶悶不樂的樣子出了聲。

「少年仔，心情不好也別這麼浪費啊？」老人緩緩地問。

「阿伯，你覺得命運是什麼呢？」春生看穿了老人的想法，瞇著眼笑了笑，坐在老人身邊，遞上一根菸幫他點燃。

老人笑盈盈地吸著菸，然後吐了口白煙。

「阮太太以前是人家有錢人的大小姐，一出生算命的就說她注定好命的。但是她卻跟我跑出來，辛苦了一輩子。」老人說完，看著屋內拿著水果走出來的老太太，叼著香菸不顧三七二十一地站起來，走上去攙扶，「哎呦！哪那麼麻煩？」

「人家想吃水果啊。」老太太笑嘻嘻地坐在春生的旁邊，「少年仔，你們在說什麼啊？」

「說妳好命的代誌啊。」老先生回答著。

「當時我就想說，既然算命都說我好命，那我跟歐吉桑在一起一定也會好命啊。」老太太笑著，「這世人雖然也有很辛苦的時候，但我的確過得很好命呢。」

「阿姨一定要長命百歲啊。」春生望著這對幸福的老夫婦，真誠地說道。

「命運就是自己創造的，若是能夠與自己所愛的人一起，什麼樣的命運都是好命。」老太太慈祥地笑著說，並剝了顆龍眼給春生，春生接過，點頭道謝吃了，看著吃了龍眼的春生，老太太又嘆了口氣，「啊，這一生感覺怎麼一轉眼就過了，歐吉桑以前也跟你一樣年輕啊。」

又聊了一陣，春生向兩人告辭，在披星戴月的回家路上，他的背影融進山與夜幕之中。

⊛

自此之後，他不時會到那排平房附近去觀望那名喚做牡丹的少女以及她的日常生活。少女在圳溝邊洗衣認真的容顏，朋友來訪時聊天開心的笑容，她的生活總是讓春生感到燦爛得眩目，甚至想起了過去尚未遭遇家變前的自己。

就在某天，春生正在麻將間中躲避陽光時，聽見了其他常客的對話中出現了牡丹的消息。

「這件事情你聽過就好，」春生隔壁桌的乾瘦中年男子神祕兮兮地對著旁邊蓄著鬍的，年紀又更大一些的男子說道，「王老闆想娶妾，他看上了金發他們家的牡丹。」

「啊，金發那麼愛賭，唉，他們牡丹的命運定著囉。」年紀稍長得男子搖了搖頭。

「沒錯，他最近設了一個局，準備讓金發再去賭，之後就好辦事了。」

「林桑，換你囉。」由於春生過於入神聽著他們，以至於不覺換他摸牌，上家的提醒讓他回過神來，他笑著說了聲歹勢，打了張東風。

「啊，林桑，換我歹勢囉。」上家笑嘻嘻地胡了春生的東風，春生搖了搖頭，付了帳，然後起身，「不好意思，忽然想起有事，容我改日再來復仇。」

由於春生也是常客，其他人也就沒說什麼，店家又找了人迅速補了位，牌局仍然繼續。

春生不知為何地焦急了起來，他撐起紙傘，在街邊買了瓶冰鎮的楊桃汁。

陽光透過紙傘打在皮膚上，感覺有些灼熱，不過還能忍受，他站在街邊飲完了楊桃汁，將瓶子還給攤販後，走上大街。

這個街庄流傳著許多關於他的流言，所有人都寧願相信傳說中的林少爺是鬼，而不相信他是確實活著的人。

也是，春生邊走邊想著，自己這樣真的算是活著的人嗎？

但當他在警察局前看到躲躲藏藏的牡丹時，內心剎那間的震動喚醒他，他感受到自己活著，那個身而為人的感情，就在見到牡丹的同時醒了過來。他無法眼睜睜看著那雙耳環與青春年華的牡丹就這樣嫁給別人，做人妾室卑微地過完一生。

即使注定他的這輩子要成為黑夜裡的人，陽光的眩目刺眼使他全身感到灼熱不適，他仍然往牡丹的方向向前走去。

在一九三八年的夏日中，乾燥的風吹拂過街道捲起一陣黃土的煙，午後的光影打在紅磚上像是演繹著一部沒有劇本的皮影戲。那日天空湛藍，那個向著光的女孩蹲在路邊的招牌後，擔憂地望著。那個見不得光的男人撐著傘，走向女孩的身邊，堆起笑容。即使那也只是掩飾他不安的面具，他對女孩和善地笑著，問了她有什麼煩惱。想起了這件往事的春生，在之後的日子，他也想永遠對著她溫柔地笑著，想要解決她所有的煩惱。

他想要牡丹在年老那天也能笑著對自己說，這輩子自己過得很好命。

吃完歸寧宴當天，兩人留宿在張家。

金發拿出紅露酒與春生兩人獨坐在圳溝邊相飲。

「我實在不明白，你到底有什麼企圖。」酒過三巡後，金發終於問出自己的疑問。

「怎麼會有什麼企圖。」春生淺酌一口，冷冷笑著。

如今他對待金發的態度即使依然冷淡，但相比之前卻又多了分人味。

「你那時怎麼會給我錢，娶我們牡丹？」金發嘆了口氣，「雖然我沒資格這麼說，但你對她好像不錯，我還是要感謝你，替我這個沒路用的阿爸照顧她。」

「因為我喜歡。」春生脫口而出，不知是因為酒意，還是因為這件事情終於不用隱藏而使他感到放鬆，於是脫口而出，「我喜歡牡丹。」

「啊，我也真的是。」金發堆積了幾個月的擔心終於煙消雲散，終於笑顏逐開，「不是我在說啊，我們牡丹從小的時候就被人長得像她阿母，以後一定會變成美女的，從小就被這麼說，長大更是真的變成美女呢。」

春生看著意氣風發誇讚自己孩子的金發，對他的厭惡感覺也漸漸解消了。

就在這個時候，他看起來就是一個平凡的，為了自己孩子驕傲的父親。

「多謝你對牡丹的養育之恩。」春生拿起酒杯，將杯子裡的紅露一口飲盡。

「不管村子裡面的人怎麼說，我都會相信你是個好女婿。」金發開心地拍了拍春生的背，又將他酒杯倒滿，他醉醺醺地拿著酒瓶倒著，酒有些灑了出來，「今天很開心，多喝一點。」

當晚，牡丹與元山各自攙扶著酒醉的金發與春生回房，元山在這幾個月之間又長高了不少，開始有些小大人的架勢。

「不會喝還喝這麼多。」元山將金發扶回床上後，如大人般搖搖頭說著。

牡丹笑了出來，那個當時還只跟在自己腳邊跑來跑去的小孩子，看來在這段時間中也成長了不少，她攙扶著春生，笑著騰出一隻手，摸了摸元山的頭。

「元山啊，長大了呢，以後要代替阿姊照顧這個家喔。」牡丹笑著說。

「好，元山是男子漢，會照顧這個家，跟阿姊一樣。」元山笑著跑過來幫牡丹攙扶著春生回到房間。

兩人將春生放回床上後，牡丹幫春生脫下外衣，看著元山走出房間，穩重地將門掩上，欣慰地笑了笑。

春生醉醺醺地翻了個身，即使喝醉，他仍舊周身冷冰冰的，牡丹緩緩解開他的外衣放在一旁，幫他脫下鞋襪。忽然之間，她意識到自己居然已經習慣這些事情，成為一個妻子的事情。即使春生總是以禮相待，但兩人終有一天也是會如同一般夫婦，甚至生幾個孩子吧。想到這邊，牡丹的臉因嬌羞變得通紅，她趕緊放下手中春生的鞋子，幫春生蓋上被子，自己也縮進大紅棉被之中。

當她吹熄蠟燭後，一躺下身，轉身時，發現春生睜開雙眼，正溫柔地注視著她。

「牡丹啊。」春生緩緩地叫了她的名字。

「怎麼了？」牡丹躺著，頭髮有些凌亂。

春生在棉被之中緊緊握住牡丹的手，因酒醉而有些口齒不清，他的吐息帶著酒氣輕輕地落在牡丹臉上，迷迷糊糊地說著，「別走。」

「好。」牡丹看著春生潔白俊秀的臉，輕輕地撥開他額前的頭髮，此刻的春生就只是怔怔地望著她，他們就這樣在沉默的夜裡相視著彼此。

窗外只剩下月光，打在薄薄的蚊帳上，像一層白色的膜包圍著。

聽見牡丹回覆的春生，眼中都是淚水。

他緊緊地扣住牡丹的手腕，輕輕地吻上她柔軟的嘴唇。

這是他從家破人亡的淒苦人生之中，第一次感受到美好的事物，能夠再度身為一個人，除了無盡的仇恨之外，終於擁有一個身為人的情愛。

牡丹回應著春生冰涼的嘴唇，體內心臟急速地跳動著，臉頰有如火燒般燥熱。

母親所謂的，成為一個女人的幸福是什麼呢？

所有人的人生都朝著幸福奔跑著，而自己是朝著什麼奔跑著呢？

就在那個女人只能憑藉著命運與本能生存的時代之中，牡丹最終將自己獻給了命運，就像她之前的那些女人們一樣。而春生的溫柔，使她從此不必再逆風而行。

春夏交替，還帶有些涼意的夜裡，這座島嶼之上的人們熟睡之時，牡丹盛開。

◈

隔天清晨，牡丹與春生回到後山，春生領著阿福、牡丹到山腰的一處草原，那裡矗立了幾座龜形墓穴。阿福拿出準備好的香燭，以及紙錢，在充滿霧的陰霾山中燃燒著。

春生撐著傘緩緩地跪下，接過阿福遞來的紙錢，緩緩地放進火中，隨著紙錢在火中扭曲、焦化，最後變成黑色的粉末，他緩緩地重複著放入紙錢的行動。

牡丹也跟著跪下，幫忙清理著墓碑，並將花瓶插上新的花。

紙錢燃燒的煙霧緩緩地在原本就凝結著春天霧氣的山中飄向遠方，春生放入最後一支紙錢後，緩緩地起身，看向遠方。相對於沉默的春生，阿福止不住地在墓前垂淚，他既無力阻止事情的發生，也無法阻止春生的復仇。即便陳茂已死，但阿福仍然時刻擔憂著陳家會再次前來復仇。

「阿爸，阿母，你們就好好休息吧，」沉默了許久，春生終於開口，「我已經殺了陳茂，但殺了他，我也無法再見到你們了。」

阿福聽見春生所說的話，更加悲痛地哭泣著：「老爺啊……。」

「阿爸，阿母，你們就安心地去吧。」春生輕輕地說，聲音就像融解在山裡，也像融解在春天的霧氣之中。

語畢，春生扶起哭泣得傷心欲絕的阿福，三人再度在墓前雙手合十，然後轉身往宅邸的陸上走去。這樣的掃墓，已經過了很多次，也已經過了很多年，已經久到春生在掃墓時終於能夠克制自己不再哭泣。但在每個掃墓過後的日子，總是容易想起過去，也總是特別難熬。

在回去的路上，春日霧氣瀰漫的羊腸小徑之中，春生輕輕地邊走邊唸著。

「紺の法被(はつぴ)に白ぱつち、いきな姿のつばくらさん、
（青色上衣，白色褲子，楚楚之姿的燕子）
お前が來ると雨が降り、雨が降る日に見たらしい、
（你來了就會下雨，就像看見下雨的那天）
むかしの夢を思ひ出す。*

* 〈燕〉出自《泣菫詩抄》，薄田泣菫著，一九二八年。

（而想起過去的夢）」

牡丹望著前方隱沒在霧中的林木，在來掃墓的途中，她已聽春生娓娓道來林家血案的始末。

那場震驚全台的林宅血案，如今也在這座山裡，悄悄地被世人遺忘。而那些剩下的人，只能藉由復仇而得到活下去的力量。

而這一切最終也將逝去，變成昨日黃花。

人生就像此中雲雨，短暫地存在並短暫地消逝。

他們走在回程的路上，沿途有農民戴著斗笠牽著黃牛經過。

春生念著詩的聲音平靜，他望著牡丹稍微被霧氣潺溼的髮絲，停下腳步，輕輕折了路邊紅色的杜鵑花，別在牡丹的耳邊。風吹著她的鬢角，她手提著編織竹籃，緩緩地看望著路的終點。當她回過神，發現春生正在凝視著她，她羞澀地躲開了他的眼神，春生走近握起她的手。

擦乾眼淚的阿福看見這幕，在後頭欣慰地笑了出來。

他知道春生終於能漸漸掙脫過去，往未來邁進了。

當他死後，也能夠無愧於林家上一輩的老爺夫人，能夠好好地交代。

對於春生，他對他就像自己親生兒子般，見證了他的出生、他所遭遇的一切變故，看著他流淚會心痛，看著他開心，自己已感到欣慰。

就這樣陪著春生，而感覺不到時間之流逝，轉眼間自己也漸漸老去。

若是他們能就如此廝守到老，那他也死而無憾。

一九三九年美好的春日稍縱即逝，這座島嶼迎接的是一個時代殘酷的末章，海浪仍舊空洞地拍打著岸、日出日落，即使時空從來沒有所謂的結束，人們也不斷繁衍，將這座島的故事傳承下去。人們的生命、命運總是樹纏藤藤纏樹般不斷地綿延，無法斬斷，只能在下一個日出之前，用彼此的體溫相互溫存，然後等待未知時刻升起的天光。

五 吸血妖魅考

夏日乾燥的風吹進寂靜和室佛堂，身穿紺色長衣的男子在光影下翩然舞動著。

長衣男子細長的眼睛隨著舞動的光線移動，午後的佛堂只剩衣衫飄動、以及細細念著佛號的聲音。

汗水沿著他平頭的鬢角往下滑落，但他仍絲毫不覺，以無我的狀態進行著他的舞蹈，一切行雲流水，像是神以祂的筆親自落款的樣子，呈現著他的舞蹈。

午後斜陽照進著裝佛堂金色神龕，一切閃閃發光。

男子舞畢，敲了一次神龕的缽後，盤腿而坐雙手合十。

缽的聲音環繞著和室不止，但在如此平和的時刻，舞蹈的男子仍然緊皺眉頭。

他是無法得到平靜的男人。

他睜開眼，望向神龕中的佛像，佛像用慈悲的眼望著他，流露出一切對眾生的憐憫。

但他討厭佛像以這樣的方式注視著人間，這又會讓他想起所愛之人之死，而佛祖正在以憐憫的姿態同情著他，同情著反覆在絕望之中來回的他。

這種同情，更加使他的痛苦具象化。

這是他修練的第五年，他是修練的奇才，在這短短的五年之間，他輕易達到修道者的力量，但卻因為心中的魔障，始終無法更上一層地悟道。

就在他盯著神龕沉思的同時，忽然後面有人叫了他。

「佐藤先生，外面有客人。」寺院的管理人，春田先生以一貫冷峻的表情對佛寺端坐的男子說。

「知道了。」剛剛舞畢的佐藤站起身，擦了汗，沿著簷廊走到隔壁的和室客廳，拉開紙門，對著門內的人行了禮後走進，接著關上紙門。

正坐在和室桌子另一端的客人是一名女性，有著溫和的圓臉，下巴上有顆小小的痣，年紀看起來接近三十，妝容與服裝顯示是一名相當富裕且有地位的女性。

「師父你好，敝姓金田名櫻，舊姓*陳，台北出生。」女子雖是台灣人，卻講得一口標準日語，「來此是為有一事相求，望師父應允。」

「願聞其詳。」佐藤雙手合十，俊朗的眉毛微蹙。

金田櫻對了旁邊的西裝男子點了點頭，男子拿出了一包牛皮紙袋，並從裡面拿出一疊資料，交給佐藤。

「不知道佐藤先生是否聽過，吸血妖的存在？」金田櫻另外拿出一本書，放在桌上。

佐藤閱讀完西裝男子遞來的資料後，又拿起金田櫻放在桌上那本那名為《吸血妖魅考》** 的書，詳細翻閱一陣後，點了點頭。

「金田桑的意思，是希望我們除去這名妖怪嗎？」佐藤闔起了書，再度雙手合十，「若是如此，請容在下思考數日。」

「我們將靜待佐藤先生的答覆。」金田櫻站起身，鞠躬後，拉開和室的門，「那就先告辭了。」

走出寺院的金田櫻，站在寺院外的樹下，拿出一根紙菸抽著。

當她接到一向疼愛自己的父親的死訊時，馬上放下日本的家庭回到台灣。自從自己到日本留學後，認識了大學的學長金田，兩人在畢業後隨即結婚，當時父親還遠從台灣到日本參加自己的婚禮。她不明白，從小到大自己眼中如此和善的父親究竟是與誰結了仇，會遭遇到這樣的事情？

當她回到台灣，出人意料的是自己的兄長居然不願深入追查，他快速辦完父親的後事，接

* 結婚改姓之前的姓氏。

** 《吸血鬼魅考》，蒙塔格．薩默斯（Montague Summers）著，日下耿之介譯（東京：武俠社，一九三一年）。

手了父親的事業，對於父親的死絕口不提。

金田櫻獨自收集了當時警方所做的調查資料，並逐一比對，但在比對的途中，她漸漸地感覺事態不單純。她將資料拿回大學與教授商討時，教授忽然向她推薦了那本自己正在閱讀的書，也就是她給佐藤的那本《吸血妖魅考》。

「金田，我認為有些事情無法用科學說明的，這本書給妳看看。」

她讀完那本書後，雖然感到不可置信，但警方的證據，一切都與書中所描述的如此相似。

就在同時，她在報告中也看見父親多年來的胃病。

父親的胃病，是在林家血案之後那年開始的。

在那場血案後，父親開始長期依賴酒精才能進入睡眠。而原本跟她有婚約的林家少爺也在那場血案之中喪生。雖然這一切看似毫無關聯，但她不知為何，隱隱約約地感覺父親的死似乎與當年的事件有關。

就在她往返台日之間數次調查後，她來到當時林家所在的村庄，而那個村庄正流傳著林家少爺陰魂不散的傳言。她順著兒時記憶，來到那座村民除非必要而不敢靠近的山中，沿著小徑一路來到了林家那棟富麗堂皇的宅邸。兒時的她曾經多次跟著父親來拜訪過林家，林家有著漂亮的夫人，不苟言笑的老爺，以及像極了母親、眉清目秀的林少爺。

那棟宅邸如她記憶之中一般的矗立在同樣的地方。

宅邸被打理得如同過往一絲不苟，就像仍然有人住在那邊一般。

就在她在一旁悄然注視的同時，忽然宅邸的門開了，裡頭走出一名俊秀男子以及一位美貌少婦。金田櫻不可思議地望著那名男子，他就是林春生，應該已經死於那場意外的人，如今卻活生生地站在她的面前，容貌與十年前並無兩樣。

林春生在玄關撐開了傘，與身旁的女子一同有說有笑地走出了門，往後山更深處走去。金田櫻想起了那對於吸血妖的描述，還有父親的死，這一切連結在一起。她相信這一切不可能是巧合，她父親的死肯定與林家有關。

當晚，她回到家，見到接手父親工作而忙得焦頭爛額的兄長陳望雄。

「阿兄，阿爸的死難道是跟林家有關嗎？」金田櫻單刀直入地問自己的兄長。

陳望雄聽見林家，身體不由自主地震了一下，停下了工作，「我都是依照阿爸之前的遺言所做，妳就不要多事了，一個女人一天到晚摻和娘家的事，真不是款。」

「阿兄，你就這麼放任阿爸死的不明不白嗎？」兄長的反應使她出乎意料。

「さくら，這不是妳該管的事情。」陳望雄堅決地否決了金田櫻想要找尋真相的行為，

「妳該做的，就是回到金田家，照顧好家庭，早日生兒育女。」

金田櫻沒想到兄長居然會如此反對查明父親死亡的真相，也氣他覺得女性只能回歸家庭這件事，「那你們當初就不該讓我讀書！就讓我早早嫁進林家不就好了，反正結局都是一樣，我告訴你，我會自己查明阿爸死的真相！」

語畢，她走出陳望雄的辦公室，而陳望雄則頹然坐倒在辦公室的椅子上。

他聽著妹妹說早知如此不如嫁去林家的話，以及那走出辦公室的背影，「也許，也許當初讓妳嫁去林家……。」

而金田櫻幾經調查後，更加肯定那名林春生是殺死父親的凶手。但是對於這方面，非科學能夠解釋的事情，該如何解決著實使她頭痛許久。而就在不久前，經過了友人介紹，某寺院的佐藤是降妖伏魔相當厲害的高手，於是此番她就親自來訪。她將菸蒂捻熄後，眼神堅定地離開了寺院。

無論如何，自己一定要為父親血刃林家。

夏夜的蟬聲交織之中，春生睜著雙眼平躺在床上。

最近的夜晚之中，他時常想起陳茂死去的那晚，他吸乾他的血時，那種竭盡昏厥，失去意識的快感。他總是想起、並畏懼著那份「本能」。

他轉身看像身旁呼吸均勻起伏，熟睡中的牡丹，每跟她在一起時，他總會不自覺地害怕著，也許當她有天發現自己是這樣的怪物時將會離開自己。他望著月光灑進房間，穿過白色的蚊帳，照在她熟睡時毫無防備的臉龐上。

此時的她夢見著什麼呢？

春生翻了個身輕輕地撫摸她柔軟的頭髮，她在身邊總是讓他能夠安穩地睡，不再夢見過去，那孤獨地在山澗死亡的那天。

他就這樣用褐色的瞳孔看著牡丹，在溫柔的夏夜之中，靠著彼此炙熱的體溫，最終也沉沉地睡去。

翌日，牡丹自後山探望自己的元山那收到照子的來信，信上說道她即將與青梅竹馬的靖君結婚。

牡丹雖然開心，但要是自己參加了照子的結婚式，必然會再度成為村庄裡閒話的中心，因此她將紅包與一些首飾吩咐元山交給照子。

想起關於村子裡的傳說，牡丹也開始疑惑。

春生總是冰冷的身體、外出時撐傘的種種奇特行為讓她感到好奇。雖然除此之外他平時日常行動總是與一般人無異。牡丹原以為春生只是單純想隱瞞自己還活著的事實，怕再次遭滅門之禍才隱藏自己，捏造了傳說。

她從沒聽過春生提起有關這方面的事。

而說到春生，他最近不知為何，總是有意無意地避著自己。

難道新婚燕爾後，自己使他感到厭煩了嗎？

牡丹懊惱地站在水龍頭前，對著鏡子用肥皂清潔臉龐時，看著自己的面容，在雪白的泡沫中想像著有日年老色衰的樣子。此時一陣風自小窗吹進，牡丹臉上的泡沫被吹崩了一角，而剩餘的泡沫在陽光下閃著七彩眩目的光。她回過神，連忙用清水將臉洗淨。

洗淨臉頰後，她來到餐廳，此時春生與元山早已等著她共進午餐。

「阿姊真慢。」元山每週總是迫不及待地到長姊家中，吃那些比平常家中精緻的食物。

「多吃點。」春生溫和地看著元山，幫他夾了青菜放到碗裡，「菜也多吃點。」

牡丹看著這樣溫柔對待元山的春生，輕輕地嘆了口氣，她不知道自己的憂慮從何而來，他明明就是如此溫柔的人。而春生餘光瞥見圓桌對面的牡丹嘆息，佯裝沒看見，逕自吃著飯。

飯後，元山回到山下的家，而春生也穿戴整齊，準備去教堂。牡丹站在他身後墊著腳尖，替他翻好領子。

夏日的光映進入玄關，倒映牡丹的臉頰上，春生想起了很久以前，那個十七歲的夏天，父親與母親在家中等著他。一樣的玄關重疊在不同時空的夏日中，使他有些迷惘地看著牡丹與牡丹身處的玄關。在這個玄關、這棟房子之中的歲月，終於有那麼一絲明朗的光照進他身處多年的黑暗之中，他盯著牡丹的臉，內心不斷地動搖。

「怎麼了？」牡丹問。

「沒事，我出門了。」春生笑了笑，摸摸牡丹的頭，「等我回來。」

「嗯。」牡丹點了點頭，對他揮揮手。

春生走出宅邸，關上了門後撐開了傘。

每個禮拜春生總是固定地造訪神父，

到萬神父的教堂中，他們總是先一同禱告，才開始互相報告近況。

這天，兩人同樣一同禱告結束後，神父微笑著望著春生，但春生卻感到神父的眼神像是能穿透自己似地，他嘆了口氣，說出了自己的煩惱。

「孩子，我知道你討厭，也害怕自己身為吸血鬼。」神父邊沏茶邊對著春生說，「但是我們的生命無一不是受到主的安排。若你當時死去，你們便無法相遇。你們的相遇也是主的安排，躲藏無用，你必須去正視它。」

「我們真的有辦法違抗命運嗎？」春生有些失落地問。

「朝著你心之所向，接受那些生命中的苦難，那就是命運。」神父緩緩地說著，春生只是沉默地喝著神父遞過來的茶，茶的熱氣在夏日的午後中散佚。

春生在回程的路上不斷地思考著，夏季扶疏茂盛的山中，輕柔地飄散著花的香氣。此時午後的光線已漸漸西垂，即將變成斜陽。

他望向山中的風景。

光芒穿越了樹林，輕輕地搖動著，雲朵在迷幻色彩的天空中飄動。

他好久沒有這樣緩緩地看過風景了。

他的人生就像為了復仇的那天而活著，從十年前的那天開始，他的人生就停止了，直到終於殺死了陳茂後，這十年的空虛也像是復仇般一一重新回到他身上。怎麼以現在的身份面對未來的人生，有關復仇之後的事情他完全沒想過，直到如今，他只是怔怔地望著眼前的景色，對於這十年，就像一場夢一般。

就這樣望著西沉的落日，直到完全看不見一絲光線後，他收起了傘，緩緩跟隨著剛升起的月光走回宅邸。

牡丹一如往常地在餐桌的對面，春生看得出她今日特別裝扮了一番，他坐在她的對面，輕輕握著她的手，笑著，「今天這麼美，是什麼日子嗎？」

牡丹搖搖頭，「怕你膩了。」

春生笑了笑，「怎麼會……。」

春生的態度一如往常，牡丹一時也說不出來，只是又如同往常一般吃著飯。

閃爍的燭光中，倒映著窗外竹葉的影子，牡丹怔怔望著春生拿著筷子的蒼白指節，春生抬起頭反過來看著她，「妳怎麼了？」

牡丹搖搖頭，這頓晚餐就在兩人的沉默之中結束。

隨著漸漸進入深夜，兩人準備就寢。

牡丹坐在梳妝檯前緩緩卸下耳環，春生輕輕地從後方撫著她的頭髮，兩人看著鏡中的對方輕輕地笑著。

「今天到底是怎麼了？」春生輕輕握著牡丹的手，兩人走向床沿坐著。

「想知道你的事情。」牡丹抬起頭望著春生，「感覺我們總是有距離。」

春生閉上眼，嘆了口氣，她終究還是會想知道關於自己的事情。

牡丹看著春生閃爍的目光，有些坐立不安，她不知道等待自己的是怎麼樣的事。

春生輕輕地靠在她的肩上，「我是，會吸人血的那種妖怪，只要靠近這裡，」他的手指輕輕地撫摸著牡丹的頸動脈，「就會有衝動，會有欲望想要吸人的血。」

牡丹被他冰冷的手指劃著脖子，冷不防地打了個寒顫。

「後悔了嗎？」春生離開她的頸邊，悠閒地靠著床框坐著，如同他第一次見到牡丹時的笑容，「有沒有終於發現自己嫁錯人？」

牡丹轉過頭望著他。

一樣的笑容，自從他復仇回來後就沒有了的笑容，如今重新回到了他的臉上。

她知道那些看似溫文儒雅的微笑，都只是這個男人的面具。

而面具的背後，他褐色的眼睛裡，閃露著的是乞求與悲傷。

她輕輕地往前，抱著春生，「我不會走的，不管你是什麼人，我都不會走的。」

春生被她這個突如其來的擁抱搞得不知所措，有點難為情地別過了頭，卻又忍不住問，

「真的嗎？」

牡丹不發一語，靠在他懷中點點頭。

「不怕哪天我會吸乾妳的血？」春生再次確認著。

「那樣我的血就會在你身體裡，」牡丹抬起頭笑著，「死也幸福。」

春生怔怔看著她的笑容，隨後回過神來，也抱住了她。

她的回答像是解開那跟隨他身邊多年的詛咒，這十年以來，他總是厭惡著自己，即使阿福與神父總是開導他必須接受自己，但那份自我厭惡如同影子般，始終跟隨著他。

原以為牡丹在知道事實後，會害怕得離開自己，那也是春生最不願意去面對也畏懼的事。他時常想，至少在這種時候，裝得豁然大度的樣子，才不會顯得狼狽，殊不知牡丹卻輕易看穿他的心思。

兩人相擁著，他們就如同這座島上所有的平凡夫婦般，在像是無窮無盡的夏夜蟬鳴之中，感受著彼此的體溫纏綿地進入了睡眠。

一九四一年的夏季，在島民沉睡的夢鄉之中，戰火逐漸將它的觸手往這座島嶼延伸。

廟口小吃攤中，一名寬鬆衣衫的男子正在炎熱的天氣中吃著陽春麵。

佐藤自從來到台灣，便偏愛台灣的庶民小吃，味道相較內地的食物味道更重，但他喜歡這些如同絢爛顏色雜燴般味覺的食物。

邊吃著麵，他一邊觀察著那些廟裡人來人往的人們，他們從何方來，又要去何方？這個世界無處不是因緣。想到這邊，他盯著碗中的麵條，是啊，一切都是因緣。

但這個世界上有些人總是會特別無緣。

他緩緩吃著熱湯中的白麵條，即使皈依在佛門之中，他依然無法得到解答。

因緣這個答案無法滿足他。

昭和三年，年輕氣盛的他帶著當時的新婚妻子壽美子，作為公務員踏上台灣這座島嶼。

壽美子是個開朗愛笑的女人，什麼事情都能輕鬆地逗得她哈哈大笑，來台灣這座未曾謀面的島嶼前，樂天的她從未有任何擔憂，只是期待著有什麼樣的新生活以及美食。

兩人在台灣就這麼居住了十年，與妻子在一起的時間總是特別幸福。

壽美子美麗溫順，有時有些糊塗的個性，相處起來總是十分愉快。

如果美好的日子可以就這樣不斷延長就好了，佐藤總是這麼想。

但不幸的是，壽美子在五年前因病去世。

喪妻後的佐藤，總是在妻子的死亡之中以及崩潰邊緣反覆徘徊，連工作也無法繼續。

同樣來自故鄉九州的寺院師父最後將他領進佛門，並意外開啟他處理陰陽事務的天份，但思想修為上，他依然無法得到真正平靜。

他注定是個無法得到平靜的男人，而內心的波瀾總來自於他心中的那個女人。

吃完了麵，付了錢，他在街上隨意亂晃著。

在廟口熙來攘往的人潮之中，他不小心撞到一名美麗少婦，少婦竹籃裡的金香掉了出來，他連忙蹲下身幫忙撿了起來，少婦點了點頭低聲道謝，而正當少婦離去時，他無意中瞥見了她頸上小小的兩顆並列的黑痣。

他想起了金田櫻給自己那本書——《吸血妖魅考》之中的介紹，那是吸血妖的印記。

而少婦的身影漸漸地隱沒在人群中，他在人群中努力地跟著那名少婦的蹤跡，只見她從廟裡離開後，一路沿著市街，到城鎮的邊境，最後來到後山那棟氣派的別墅之中。

果然如同金田說的，他躲在豪宅的圍籬外，偷偷地窺視著，少婦抵達豪宅時，一名面色蒼白的俊秀男子為少婦開門，並接過她手中的竹籃。

兩人臉上洋溢著笑意。

佐藤不由得看得入神，那兩人就如同當年的自己與壽美子，他們在一起的日常，也是像這兩人般如膠似漆。他內心的邪惡就像伊甸園的蛇，巧言地使他吃下了那個罪惡的果實。

在回程的路上，他腦子裡滿滿的都是忿忿不平。

佛曰因果，他冷冷笑著，自己自始自終深愛著妻子，為什麼必須承受這樣的果報？

因緣？那為什麼，他就必須與深愛的人無緣？

他自暴自棄地想著，失魂落魄地回到寺廟中。

夜裡，他總是想著過去的事情。

他閉著眼，端坐在佛前冥思著，在空氣中揮舞著一把無形的刀，劃破空氣中，發出颯颯作響的聲音。

生命是什麼？生命是不是那年壽美子最後握住自己的手逐漸鬆開的剎那？

我們的生命究竟是什麼？

而殘存下來的自己的生命，又代表著什麼意義？

把我們的人生一刀剖開後，會出現真理嗎？

知道了這個世界的答案，她能夠回來嗎？

那個在我們眼前，但再怎麼追求也無法實現的事情代表什麼？

在這幾年之中，佐藤出手降妖伏魔，總是戰無不勝，在台灣也累積了一定的名氣，但身為一個修道者，他的內心不斷在與自己對決。

獲得平靜？也許他不願意這些，他其實知道自己只想回到昭和三年時的那個夏季，那個天空湛藍、他們自海上來到這座島嶼的那天。

「我們就要在這裡生活了呢。」夏日，相較內地更加潮濕的空氣中，壽美子提著行李轉過身來笑著說。

佐藤在每個夜晚夢見，又在每個清晨丟失。

寺廟中的簷廊看出去，就像那天夫婦兩人仍坐在自家簷廊喝著小酒乘涼時，有說有笑的樣子，但如今這裡，只有佛，只有空，空即是色、色即是空，那些曾經的人生，也像佛說的一般，變成多少夜裡虛幻的夢。

翌日，佐藤做出了個決定。

他來到後山的那座宅邸，決定拜訪那名吸血妖的男子。

往後山的道路蜿蜒，他緩緩地在山的森林中穿梭著，陽光透過林木的縫隙照射著他有些凹陷的側臉，他微微瞇起眼繼續前行。

真是一座美麗的山，佐藤想著。

不久，就來到了昨天那座氣派，卻隱隱約約透著陰森之氣的別墅。

佐藤走到門前按下了門口右側的電鈴，靜待著。

半晌，一個頭髮灰白的中年男子緩緩走出，「你好，請問……。」

佐藤頷了頷首，用生澀的台灣話說著，「我找林先生。」

「我們這裡沒有這個人。」中年男子朝他擺了擺手，就要關上門。

「那殺陳茂桑的是鬼嗎？」佐藤冷冷地問。

「什麼意思？」中年男子雖佯裝不知，但關起門的手有些遲疑。

「我什麼都知道。」佐藤叼起一根菸靠在門邊點燃，不再用生澀的台灣話，而是說起日語，「所以，讓我和林桑談談。」

本想回絕掉佐藤的阿福有些猶豫，但又怕事情被這個男人聲張出去，便只好小聲地請入屋內稍等。

佐藤將菸後捻熄，收進襯衫內的小鐵盒中，接著被邀請進入富麗堂皇的客廳內，坐在皮製沙發上等候。

沒過多久，昨天看見的蒼白男子從內室長廊中走來。

「林桑，您好，敝人佐藤，初次見面。」佐藤站起身來，對著春生微笑著。

「你就是陳家派來的人吧。」春生也露出濃濃的笑意問，伸出手友善地示意佐藤就坐。

「也完全不是。」佐藤邊坐下，邊盯著春生的眼睛說，「我是受到陳家的女兒金田桑委託沒錯，但一方面，我私心也想與林桑一決生死。」

「真突然呢。」春生冷笑著，「這本是陳家與我的恩怨。」

此時，牡丹從廚房終端來兩杯英式瓷器裝著的紅茶，冒著熱氣，放在佐藤與春生面前的桌上。

「請享用。」牡丹對兩人點了點頭後，再度回到了廚房。

「真美麗呢。」佐藤看著牡丹的背影說道，「林桑，在下也是受人之託。殺死我的話，你們的日子就能繼續，這個世界也不會知道這件事情。」

春生打量著佐藤，看著他左耳掛著的銀色耳環閃閃發光，不發一語。

「好像打擾太久了，那我半個月後再來拜訪。」佐藤端起紅茶啜飲幾口，假意看了看屋子裡的鐘，站了起身，往門口走去，「謝謝招待。」

阿福連忙走過來領著佐藤到門口。

佐藤離開前，從玄關的玻璃依稀看見仍舊坐在沙發上不發一語的春生也正盯著自己。

他的眼神冷酷，在那虛偽笑容表情之下，他是個可怕的男人。

六 宿命

佐藤回去後的夜晚，春生想起了一件許久之前的往事。

那是自己七歲時，在一個艷陽高照的春日，母親帶著自己去廟裡進香。

他們走在紅磚的街道上，他拉著母親花色的長裙邊緣，生怕走丟在人群中。

廟前熙來攘往的街道，母親提著竹籃走著，他們來到一個算命攤前，母親停下腳步，給了算命的老人自己的生辰八字。

年幼的春生不懂大人們的算命的內容，只是在意旁的花盆玩著日日春盛開的粉紅色花朵。

「這孩子，十八歲那年有大劫，但有貴人相助，得逃過此劫。」老人看著一旁玩著花朵的春生，「二十七歲，有個劫難，若是離開台灣有望逃離。」

「這……這有辦法化解嗎？」林錢鳳珠將正在玩的春生拉過來，著急地問。

「戴耳環的男人。」春生看著老人蒼老、滿是皺紋的臉頰對自己說著，「言盡於此，一切都必須看因果造化。」

春生懞懂地盯著老人，在他破舊的小桌上，放上一朵剛剛摘的日日春，老人摸摸他的頭。

那天的事情就這樣縈繞在春生的心裡，而他如今也即將滿二十七歲。

而這是否就是自己的命運呢？

好不容易終於有了像樣的人生，開始體會到與平凡人一般的幸福後，這一切又要消失了嗎？

他獨自在沙發上沉思了許久，直到牡丹喚他吃午餐時，他才緩緩起身。

走進廚房，牡丹正在餐桌上擺著碗筷，「都好了，快坐下來吃吧。」

他不發一語地從背後環抱住她，牡丹有些羞澀地轉過身，靠著他的額頭，「怎麼了？」

「我們，還沒去新婚旅行。」他笑了笑，「去嗎？」

「真的嗎？」牡丹開心地問。

「嗯。」春生靠著她溫熱的臉頰，「溫泉旅行好嗎？」

「嗯。」

正要走進廚房的阿福，餘光看見兩人，連忙退了出去。

他輕輕踱步往後院走去，點起了根菸。

看到春生終於像個平常人一般好好生活，他感到欣慰，但剛才那個日本男人卻又讓他擔心不已。

阿福邊抽著菸，一邊望著煙霧後的山林。

自從這座房子發生慘案後的那天，他就默默地守護著春生，即使他深知自己能力並不拔群，但他想仍然想守護這個家的一切。

這個房子是春生出生前一年落成的，那時宴請了許多人、大家在這棟宅邸中歡笑著，一起在這個房子裡工作的人們，那時大家都很幸福。

他在這間大宅中度過近三十年的時間，他總是靜靜地站在這個地方，偶爾抽些春生送給他的香菸。

近來，他總是感到氣有些吸不上來，也許是年紀有了，這菸還是別抽了，他想，將菸輕輕捻熄，這時牡丹朝他走來，叫他一起吃飯。

阿福在那些困難的日子挺了過來，嚐到家的溫暖的他此刻感到無比幸福。

一九四三年的夏季，牡丹與春生提著行李搭上了前往台北的列車。

列車在鐵道上奔馳著，經過了幽暗的森林，陽光從林木的深處打落進車廂的窗，一瞬一瞬地落在牡丹的臉上，她就像個孩子般因出遊而興奮著。

列車從早上駛出，直到午後，牡丹靠著春生靜靜地睡著了。

列車穿梭在台灣夏季潮濕蒸熱的風景之中，春生靜靜地看著窗外的風景，牡丹身上淡淡飄來的是自己送她的香水氣味。

他想到了很多關於過去的事情，那些除了家人之外，自己的事情。

他曾經也這樣搭著列車離開故鄉，然後離開這座島嶼踏上別的土地。

也許就這樣離開這片土地，自己就能夠繼續活在這個世界上，人總是很堅韌地在哪裡都能生活的。

但他總是不願離開故鄉。

也許是厭倦了離別，也許討厭自己是個只能活在陰影下的人。

他望著靠在肩上熟睡的牡丹。

她終究會比自己先行老去，即使這樣他也不願意將她變得跟自己一樣，只能活在黑暗之中，變成這種見到鮮血就會感到衝動的怪物。

他決定接受那個算命師說過的，自己的命運。

只要接受了這最後一次的命運，他就能不再接受所有命運對他的殘酷，也不用目送牡丹終究有天的離去。

熱氣蒸騰的夏日，就如同曾經的人生般，也許這所有一切的人生就像是場夢境，自包裹著胎衣降落於人世開始，這一切就像是一場虛幻且無邊無際、轉瞬即逝的夢。

春生閉上了眼，脫下了帽子，陽光打在他臉上陣陣的刺痛，夏日粗糙的風、田地稻草收割的氣味、火車行駛以及人們的交談聲，此刻也許就是夢境中最美的樣子吧。

有些幸福、有些心酸，就像個平凡的人一般確實而深刻地活著。

至少在這漫長孤苦的人生當中，短暫的體會到身而為人的美好與燦爛，溫柔與酸澀，心裡尚且有許多事無法明朗，但他不自覺地嘴角上揚。

就像個普通的新婚男子，與心愛的妻子第一次的新婚之旅。

兩人在午後到達了臺北驛，春生帶著牡丹前往鐵路旅館內用餐，於旅館內放置行李後，散步至永樂座看電影。夏日人來人往的吵雜街道上，熱氣蒸騰的風吹著街道邊的椰子樹。春生撐著傘，兩人沿著騎樓緩緩地走著，天空湛藍，牡丹手中拿著玻璃瓶裝著的酸梅湯，她花俏的洋裝裙襬隨著風飄著。

刺眼的陽光使牡丹皺著眉，漫步在這繁華的台北街道中，一切都吸引著她。新奇的廣告、往來的人群，但即使這一切如何地吸引著她，她卻也隱約地察覺了春生的不同。

在那名男子來訪後，春生便變得不同。

他望著她的眼神除了溫柔之外，又多了分悽楚。

她試圖去解讀他眼神之中的悲傷，但一切卻像是一面巨大的牆無法通過。

「春生，多謝你，今天很開心。」在永樂座漆黑的電影院中，牡丹握住春生的手輕輕地說。

黑暗中，春生看向牡丹，她的側臉，映照著電影放映的光。

她的眼睛望著前方，那雙倒映著自己的眼睛，他想永遠看著那倒映自己的眼睛。

對不起，他歉疚地想著，但他不想再這樣活著了。

也許他早該命喪在那條河川之中，當十年前那顆子彈穿過自己身體時，他就該接受那樣的命運。

電影散場後，黃昏早已進入了黑夜，兩人隨性簡單地在街邊的小吃攤吃了些東西，便回到旅館。

回到旅館的兩人躺在西式的床鋪上望著對方。

「告訴我吧。」牡丹看著春生說，「上次那個日本人來家裡之後，你就不一樣了。」

「不愧是林太太，什麼都知道。」春生輕輕地笑了笑，「那個人，是來迎接我的死神。」

「什麼意思？」牡丹皺著眉問。

「如果有來生，不要嫁給我這款。」春生褐色的瞳孔微微地顫動，卻裝著幽默風趣地口吻說著：「我那年沒死，可能是反抗命運吧，不過現在天公伯要來收走我的命了。」

牡丹不解地望著春生，忽然一陣哽咽地說不出話。

「七歲那年，我阿母帶著我去算命。」春生轉過身平躺著，看著天花板華美的燈飾緩緩地說著，「那個人說的話，到現在每件事都有應驗。」

「他說了什麼？」牡丹沙啞地問。

「他說我二十七歲會死。」

牡丹強忍著淚水：「這不準。」

「怎麼不準？他說的每件事都發生了。」春生平淡地說。

「我們跑到一個沒有人知道的地方，我們在那邊生活……。」牡丹滔滔不絕地說著。

「我不想跑，我只想就這樣過完剩下的生活。」春生笑了笑，伸出手摸了摸她的頭。

「難道你不想要跟我繼續過嗎？」牡丹的眼淚再也忍不住，從眼框中滾了出來。

「當然想，」春生看著哭泣的牡丹，用襯衫的袖子擦了擦她的眼淚，「不過人生總是會有分別，我不想再送誰離開了。」

「你真自私。」牡丹推開他的手，賭氣地轉身。

春生從她身後抱住她。

「對不起。」他輕輕靠在她耳邊說著，「所以說，來生不要再嫁給我這款人。若他執意要跟妳結婚，妳就是逃跑也要跑走，不然會一生辛苦。」

「來世我也要跟你一起。」牡丹轉過身斬釘截鐵地說，兩人靠得極近，互相感受著對方的氣息。

「明年春天，如果我還在，我們再一起去山上掃墓吧。」春生嘆了口氣，握住牡丹的手。

「嗯。」兩人的手指緊扣，在漫漫的長夜中依偎著彼此，像是早晨永不來臨，在繁華台北的一隅，盛開的花季在最繁盛的夜裡燃燒著。

醞釀芳春鬬紫紅，一分香配一分風。
狂蜂浪蝶方顛倒，襲袖沾巾約略同。
架吐薔薇含露馥，欄蒸芍藥借煙籠。
薰人真個濃于酒，覓到深叢已醉中。*

那是一條綿長而無聲的路，人們總是邊走著邊回頭看。

活著的，與離開的人們，演繹著一場無聲的電影，在那些一軒一軒，蜂窩似的生命之中。

在幽暗的夜裡，見不了光的人們仍然在這樣無光的世界裡，翻攪著他們的人生。
活著的軀體，總是不斷地奔跑著，他們時常逆著風前行。
最終他們停下，這個世界卻依然轉動著，他們牽著彼此的手想順應著風的方向走。

◈

漆黑的佛寺之中，佐藤靠著木頭梁柱獨自望著陰暗無光的前方。
這個世界無時無刻都像這樣，慘淡地包圍著自己。
他對山上的那名吸血鬼，感到萬分無比的羨慕，就像那個過去的自己一般。
這個世界上平凡的夫婦有很多，但他們雙眼對望時的氣流，總是讓他想起從前，他們就像過去的自己一般，就像某個平行時空的自己與壽美子，還在這座島嶼上平凡地任由歲月流逝，像是永不凋謝的花，永不離去的春日一樣存在這個世界上。
如今孤寂的自己就像一個虛偽、不幸的替代品。
若是能被像是過去自己的他殺死的話，也許就能獲得解脫吧。

＊曾朝枝〈花氣〉，收錄於《東寧擊鉢吟後集》，曾朝枝編。

也許就能，不再被這樣的悲傷如幽魂一般困住。

在這段時間之中，他處理了許多陰陽的事，但怎麼也就是從沒見到壽美子。

即使是在夢中也不曾。

若是去了那個世界，是不是就能找到她？

在沉默寂靜的夏夜中，佐藤不斷反覆地思考著。

他伸出雙手，夏日的濕氣使人的皮膚感到溼黏。

附著著身體，他閉上眼睛，蟬鳴與蛙的叫聲，纏繞著整個夏夜，包圍著這個空間。

想要死亡，當他誠心地想要面對死亡後，他的所有一切雜亂的情緒瞬間沉澱了下來，這個世界像是忽然間地安靜了，儘管蟬鳴仍然在窗外喧騰著，他的內心忽然得到那渴望已久的平靜。

他起身走到庭院，在夜色中，往不知何方的道路前行。

前行中，溼黏的夜風灌入他的衣衫，他開始想起了除了壽美子之外的事情。

他想起了故鄉、還有幼時與家人相處的事情。

想起了故鄉春天的雨，以及冬日的雪。

那些曾經發生在生命裡美好的事情，一點一滴地浮現在胸口。

但人生總像是在趕赴著什麼一樣，不斷地催促著、不斷地推進。

壽美子也是如此吧，在這樣不知是什麼的追趕之下，然後邁向死亡。

剎時，他停下腳步。

他站在山的入口，而山就像他每天見到的佛像。

以前天天對著那些佛寺內的所有佛像，對著那些笑容和藹的塑像，他無法明白這一切的真理。也許只有放棄了生命，作為交換才能得到平靜，才得以覲見佛的本相吧。

頓時，他感到悲痛萬分。

人生為何？

他雙手合十地站在山的面前，誠心地探求著解答。

那個總是在身後追趕著，推擠著我們的是什麼呢？

我們最後會到的地方是哪裡呢？

逝去的人，還能再相見嗎？

山風吹動著，山林晃動、他閉上眼，眼淚不由自主地流下了臉龐。

閉上眼睛，他看到了所有想要、卻又不存在的。

「明天，就回日本吧，船票幫妳買好了。」陳家飯桌上，陳望雄緩緩地對妹妹金田櫻說著，「妳回來這麼久不好。」

「阿爸的事情還沒解決，」金田櫻不解地望著自己哥哥，「我已經知道，就是以前林家的人……。」

「這些不關妳這個嫁出去女兒的事。」陳望雄放下筷子，「妳一個女人就這樣拋下家庭回娘家說三道四成什麼款？」

「我也是阿爸的女兒啊！」

「那我跟妳講，不要追究，這就是阿爸的意思。」陳望雄聲音又更大了。

「什麼意思？」金田櫻盯著哥哥問。

陳望雄看著金田櫻，遲疑了半晌。

「妳知道，林家十年前被滅口的事情嗎？」他緩緩地問，金田櫻點點頭，他又深吸了口氣，「那件事……是阿爸做的。」

「什麼意思……你說，是阿爸做的，是什麼意思？」

「那件事……。」林望雄不敵妹妹的追問，只得將十年前所發生的事娓娓道來，包括自己當年的挑撥、包括父親內心裡隱含的貪心等等的，全都說了出來。

金田櫻不可置信地望著哥哥，還有那些從他口中吐出的話。

她不敢相信自己的家人為了一己私利，而使對方陷入如此萬劫不復的命運。

也不敢相信，記憶中總是慈愛的父親，居然會做出這種事情。

當年父親站在房間門口問自己是否想繼續讀書的景象，就像昨天發生的事。

而自己出嫁那天父親的淚水，那究竟是欣慰、還是愧疚？

無法承受這些事情的金田櫻，怔怔地坐在椅子上。

夏日的光從玻璃中照進室內，她感到一陣頭暈目眩。

飄浮在空氣中的灰塵，以及日曬使她感到全身灼熱。

真是傻啊。

無論是自己，還是那個懦弱的父親、不計後果的哥哥。

大家真是傻啊。

陳望雄不斷地說著這件事之後，父親有多麼自責有多麼後悔，但金田櫻聽不下去。

她無法接受自己這幾年來，都是站在別人痛苦之上，享受著人生的一切。

在他們心安理得結婚生子，認為得到幸福的時候，有人因為他們活在地獄之中。

即使陳望雄怎麼說著父親的愧疚，但她無法參透父親心中那糾結矛盾的想法，在父親已去世後的如今，對於父親的所有，都只能憑著活在現世的人的想法，來判斷他的所作所為。

她想聽父親的辯解，但父親早已無法言語。

陳望雄拿出父親一早擬好的遺囑，上面吩咐著後人不必追究等等的話語。

顯然父親早就知道，也甘心贖罪了。

金田櫻忽然想起了自己花錢雇用的佐藤，她連忙跑出家門，直奔佐藤的寺院，想阻止一切的發生。

即使那個人是殺了父親的凶手，但她心中升起對那個曾經死過一次的男人的憐憫，不應該是這樣的。

不應該是這樣的。

夏日的街道有些模糊，故鄉熱鬧的街道上處處散發著各式各樣的氣味。

她的髮絲被風吹撫著，在奔跑時飛揚。

她奪門而出，奔跑著，思緒回到了十年前的夏日。

在那個夏日之中，在自己無憂無慮的生命中，那個叫做林春生的人，就這麼失去了構築起生命的一切。

即使失去父親使她心中悲痛萬分，但她明白，他只是想要為那所有人生的悲痛找一個答案，即使這個答案，也許無法撫平什麼事。

台灣夏天潮濕的風，吹拂著她的臉頰，在日本時，她總是思念這這樣故鄉溼黏纏綿的風。她一路奔跑著，風景沿著她的側臉飛逝。而就在她奔跑過兩個街區的同時，街道響起了防空警報，人們紛紛開始躲進室內疏散。她在人群之中遭到推擠著，與大多數的人們一起被趕往附近的役所避難。

回頭望著天空中飛行的戰機，金田櫻心想，戰爭開始了。

戰爭早就開始了，但戰爭終究還是席捲了這座島嶼，即使成為日本人的媳婦，但她心理上總是覺得戰爭是他們的事情。直到戰火終於蔓延到這座島嶼，她終於意識到原來台灣也要為他人魚肉。

也許一開始就是這樣，她在人滿為患、汗臭與食物味道混雜的役所中，看向窗外藍天之中，如鷹隼一般的戰機，漸漸縮小在視線看不見的地方。

她忽然意識到，也許戰爭就是像林家與陳家的恩怨，互相吞噬殘殺著，人們與人們、國家與國家。打著那些冠冕堂皇的大纛，事實上也只是垂涎著他人的利益罷了。那些在利益中喪生的人、在戰火中死亡的人，就像她的父親一樣，不再出現在故鄉的土地、不再言語，也不會相信神。

遠方傳來爆炸的聲響，此起彼落。若是可以回到過去，並知曉一切的話，她只希望擁有平凡的喜樂，還有活著、總是和善的父親。

但生命沒有後悔與如果，戰爭近在咫尺，她的故鄉火光沖天。過去就像一場芳夢，而人類就是這樣懷抱著貪婪與欲念、愚蠢與恨意的生物。她在人群之中，無法阻止那座山上、那個死過一次的男人即將面臨的命運。

交談聲、驚呼聲、遠方的爆裂聲，還有夏日永不斷絕的蟬鳴聲圍繞著這個世界，她為身為人的愚昧與無能為力留下悔恨的淚水。

⊛

春生獨自一人在大宅的客廳中等待著。

夜晚的山裡萬籟俱寂，他聽著那逐漸接近的腳步聲，就像等待著自己最後命運的宣判。

吩咐阿福將牡丹送回山下的娘家後，他等著那個戴耳環的男人的造訪。

這個夜晚，就如同十年前他「死去」的那個夜晚一般，在空氣中懸浮著花的香氣。

一樣的季節，一樣的命運，他對這些如此相似的一切坦然接受。

能在這樣的時節中死去，也許就能見到家人了。

就像那個應該在春天山中死去的他，臨死之前聞到最後一抹花的香氣。

電鈴聲響起。

春生起身，至門口打開玄關那道古樸厚重的門。

只見佐藤穿戴整齊地站在門口對他笑了笑，微微頷首，「就知道你不會逃走。」

「沒什麼好怕的，不管是你，還是死亡。」春生堆起了滿臉的笑容說道。

「真是個異常堅定的男人啊。」佐藤走進玄關，帶上了門。

「過獎了。」春生領著佐藤進門，兩人面對面站在客廳的兩端。

「既然林桑不喜歡客套話，那麼——」佐藤盯著春生，雙手緩緩合十，「我們開始吧。」

雙手合十的佐藤，閉上了眼睛，空間中忽然浮現了一把刀，直直地破開空氣朝春生砍去。

春生一個閃避躲開，一把拔下了頸上的十字架，十字架在他的手中，忽然變成一把長劍，在只有稀微油燈的夜中閃閃發光。

佐藤不慌不忙，四平八穩地臉上泛起了笑意，而那把在空中的刀再次從側面砍向春生，春生舉起手中的銀劍抵擋，並順勢刺向佐藤，佐藤敏捷地躲開，卻仍被削下一片衣角。

兩人在昏暗的室內你來我往，燭光及油燈的光在黑夜之中閃爍著，兩人的來回益發激烈，在空氣中發出金屬撞擊的聲音。牆上倒映著兩人打鬥的身影，就像一場快板的雙人舞，又像熊熊燃燒的赤色火焰，在室內快速地爆破、跳動。

「真是不錯啊，林桑。」佐藤隔開了春生砍來的一劍後，靠在一旁的櫥櫃喘著氣笑著，「你覺得人生是什麼呢？」

「我們是談論人生的朋友關係嗎？」春生邊笑著，也邊喘著氣。

佐藤看著春生的笑容，以及他眼神中瞪著自己的樣子，笑了出來：「是呢，這個眼神，跟以前的我一模一樣呢。」

佐藤以談論天氣的語氣說著，春生不解地望著他，佐藤又笑了笑，「現在開始，我會真心誠意地面對你。」

他雙手不在合十，開始結起手印，剎時間，空中的那把刀分裂開，變成一座巨大的蓮花座，金屬的刀柄在夜裡閃著冷冽的光。

他想和過去的自己做出最後的了結，讓這一切的悲傷有一個開始、也有終點。

春生閉上眼，拿著劍指著佐藤所幻化出的蓮花座。

腦中不斷想著萬神父所說，以及這幾年來的人生。

那些逼著他接受的命運，那些在生命中注定的事情不斷地如鬼魅一般纏繞著他。像風一樣吹拂著的命運，他總是只能低著頭順著那陣風走的命運。

再也不想這樣順著那奪走一切的命運，他有想要守護的人，有想要活下去、對生的渴望源源不絕地驅使著他。

「相信自己，自己就是命運。」神父抓著他的手，為他禱告時說。

因打鬥而凌亂的客廳使他再度想起十年前的那天，家人在他面前死去的樣子。

這次沒有人可以再奪走關於他的一切。

他面色悽然悲切地舉起長劍，比剛才更迅速敏捷地向前進攻，佐藤跳上蓮花座，以雙手揮舞幻化成刀，隔開了春生的所有攻勢。

「不夠、不夠。」佐藤漸漸地殺紅了眼，為了抵擋與春生相應的攻擊，術法逐漸侵蝕著他的內心。

壽美子的容貌在他的腦中益發清晰，甚至能聞到她身上的香粉氣味。

明明那個人都死去那麼久了，明明她已化為一抔骨灰、早就不是這個世界上的人、再也看不到、聽不見自己悲傷的哭號了。

他的生活只能向前揮舞著刀，朝著面前的虛無不斷憑空砍著。

繼續地殺死那些有形的妖，卻總是殺不死自己內心的鬼。

他看著春生眼中生起的火，那是有想要守護的人的眼神。

而他，所戀慕的人早已不知魂歸何處。

他嫉妒春生，嫉妒他的一切，嫉妒、不甘、嗔癡如毒液般蔓延了他的四肢百骸，他只想殺死春生以解身心之毒、悲傷之苦。

最後，他抓起一把刀跳下蓮花座，「就讓我殺死你，或你殺死我，然後結束我的苦痛吧！」

佐藤舉起刀，他想殺死過去，也想被過去殺死，若是這段過去不存在，也許如今也不會感覺到被業火焦灼的痛，被過去殺死，也許就能得到平靜。

也許一切都只是虛幻，佛說色即是空，可是當過去一切成空又是多麼孤寂悲傷。既不想失去過去、卻又受著過去折磨。

每當新的一天來臨，命運又是如地獄一般吞噬著他。

人生活著的每一秒鐘，就是無間的地獄。

愛之深刻、痛之焦灼，他此生只能於此間地獄中徘徊。

春生吃力地抵抗著佐藤，不斷後退。

也許自己終究葬身在命運之中，但他不能不抵抗。

他揮舞的每一下，都在重新構築、創造自己的生命，神活在每個人的心中，神在心中為這個世間的萬物創造著命運，無時不刻都創造著。他咬著牙，面對幾近失去理智的佐藤，努力地對抗著。

兩人竭盡了生命的全力互相對著彼此揮舞著利刃，那些人生的不公、那些注定的命數，就像是詛咒，兩人像是在格鬥，又像是在為了自己的人生單打獨鬥。

人生就像一段孤獨的旅程，人們總是抓著那些溫柔的回憶作為自己的依歸。

我們從未相信任何事物、這個世界上沒有信仰，皈依的只有那些使我們不至於冰冷的事物，信奉的只有我們自己的心之所向。

為了所有的一切奮鬥著、為了所有的一切，冠上愛或是信仰的名號。

脆弱的人類總是想找個能在無邊痛苦的人生活下去的理由，尋找那些解脫於悲傷寂寥的各種方法，他們在顛沛流離的黑夜之中交橫綢繆，但這個世界從來不曾給人們一點揭示，因此生命苦痛、因此長夜漫漫。

「我知道，你終究不是那個過去的我。」兩人在一番激烈打鬥後，靠在凌亂破碎的傢俱上喘著氣，佐藤看著春生，緩緩地說，「但是人生就是需要一個理由，從今以後，我就不再是過去的自己，從今以後，那就只是別人的人生，而我才得以繼續。」

佐藤舉起了刀，往春生的胸口刺下。

一切像是虛幻的，在佐藤砍下的瞬間，一個女人衝了出來，擋在春生面前，佐藤的刀就這麼深入了女人的身體中。

春生就這麼看著牡丹擋在自己身前，她的血就這麼濺到自己的臉上。

牡丹的臉在佐藤眼中，與壽美子重疊了起來，他大吃一驚，後退了幾步、頹然地坐在地上。春生抱住牡丹大驚失色，而牡丹的體溫就在血液的流淌之中漸漸消失。

鮮紅的血爬滿了地板，就像盛開的牡丹，血色瀲灩，卻逐漸帶走她的生命。春生悲憤地舉起劍指著佐藤，他既憤怒又充滿著殺意、眼睛變得鮮紅，對著佐藤就是一陣毫無章法的攻擊。

佐藤失神地抵抗著春生，他的焦距混亂，眼神混濁。

過量的術法使他的神識逐漸喪失，又經歷一陣驚嚇後，他漸漸出現幻覺，腳步逐漸虛浮，他看見了壽美子。

她穿著那件自己送她的羽織，衣襟處有黃色碎花妝點、裾線筆直，眼環在午後陽光照射下閃閃發光。

笑容仍然是如此溫暖和煦，明眸婉約、脣紅齒白。日思夜念的她就站在在拿著劍的春生身後，那個祈求在夢中見面的人，他人生最終渴求的全部，就在那邊靜靜地看著他笑著。

佐藤不顧一切地伸手向前，衝向春生以及他手中的劍。

「やっと、会えた。*」佐藤眼中滿是淚水，往一旁倒下。

這個無法獲得平靜的男人，最終在自己所愛的人的幻象之中，得到平靜，然後死去。他心中滿懷所愛的人，與她一同回到當年甫踏上台灣這塊未知土地的時候，不再受到命運操弄、不再懷疑過去是否虛幻。

人生本是孤寂且虛幻的夢境，大夢初醒。

這場戰役的終焉，也許死去的他獲得了最終的勝利。在死前最後一瞬間，他終於得到這後半生苦苦渴求的事物。也許是死亡對他最後的悲憫，但這一切都無所謂了，一切都將如朝露終將蒸發於晨光般自然消滅。

而春生見佐藤倒地後，連忙丟下手中的劍，抱起躺在地上的牡丹。

---

* やっと、会えた，終於能、見到妳了。

她在此刻即將死去。

或是，從此之後活在黑夜之中。

春生沒有一刻的猶豫，他抱著妻子，月光灑進漆黑的洋樓之中，打在他的臉上。

從此，她也將在黑暗之中，她也將如同自己一樣，變成渴望鮮血的怪物。

此刻他終於明白神父當年的心。

那是神在他們心中創造的命運。

他撥開牡丹被血染濕的頭髮，輕輕一吻。

尖銳的牙齒嵌入她雪白的脖頸當中。

血液使春生再次感到興奮、無法自拔，他忍著這強烈的快感、想要將血吸盡的本能慾望，在進行到一半時停了下來。他從口袋拿出小刀，割開自己的手腕，將鮮血餵入牡丹的口中。

「對不起，」春生用手指擦乾牡丹口邊溢出的一點鮮血，「我們一起永遠相守在黑暗中吧。」

他凝視著牡丹的面容，牡丹如同每個夜晚的沉睡般安詳。

他擁抱著她，就彷彿這個世界是早晨永遠不會降臨的夜晚。

牡丹醒來時，是在山下的家中，而家中仍是自己年幼時的擺設。

母親就像以前那樣坐在床沿縫縫補補，見自己醒來，摸了摸自己的頭髮，「醒了啊？」

牡丹見到母親，不禁淚流滿面，向前抱住母親，「媽，妳回來看我了嗎？」

這幾年的委屈、這幾年的悲傷，以及對母親的思念一湧而出，她撲進母親的懷中，就像個不諳世事的幼童般哭泣著。

「都這麼大人了，怎麼哭成這樣？」母親慈愛地笑著，撫摸著牡丹。

「媽，我很想你。」牡丹哽咽、斷續地說著。

「堅強起來，都結婚的人了。」母親捏了捏牡丹滿是淚水的臉頰，「阿母會永遠守護妳的，不要害怕。」

「我想永遠跟阿母在一起。」牡丹任性地繼續抱著母親。

「傻孩子，我們已經永遠在一起了啊。」母親指著牡丹的胸口，「阿母永遠活在妳心裡面，幫助妳堅強。」

「阿母……。」牡丹望著母親，仍不斷流淚。

「妳該醒了，記得，我的女兒，要堅強地活著，知道嗎？」母親叮嚀著牡丹，牡丹點了點頭。

語畢，她將牡丹往地上一推，牡丹跌落地面的那剎那醒了過來，發現自己竟在山下的家中。

她皺著眉回想，早上喝了春生遞過來的水後，便失去意識。

她驚嚇地坐了起身，身體有些不穩，跌跌撞撞地奔出房間，看見家人與正要離去的阿福。

「阿福伯，你別走，」她虛弱地，以全身力氣大喊，「是不是春生叫你這樣的？」

阿福轉身看見醒來的牡丹大吃一驚，明明藥效還會讓她再昏迷個幾小時才對。

他在知道春生的決定後，決定將牡丹送回來，然後回到那個房子與春生一同共赴黃泉。

但不料牡丹居然在此時就醒了過來。

「夫人……。」他看著搖搖晃晃朝自己走來的牡丹，連忙走過去攙扶。

「帶我回去，」牡丹咬著牙，艱難地說，「我死也要跟他在一起。」

阿福看著牡丹絕決的眼神，即使站不穩也依然往前走著的樣子，心中充滿感動，深吸了口氣，「好……我們，我們一起回去。」

牡丹在阿福的攙扶下，轉身對一旁緊張的金發跪下。

「阿爸，女兒不孝，可能今天之後沒辦法回來了，」牡丹一字一句緩緩地，艱難地吐著每個音，並轉頭揮手喚來元山，「元山，你來，你是男子漢，以後要好好照顧阿爸阿嬤，知道嗎？」

元山不明所以，但依然乖巧地守在祖母身邊點點頭。

牡丹又轉向一旁，對祖母磕了三個頭，「阿嬤，多謝妳的養育之恩，若有來世，牡丹願意做牛做馬來還。」

祖母雖點點頭，卻也老淚縱橫，「剛剛阿福說了，妳就去吧，嫁出去了，阿嬤就管不到了，妳就走吧。」

牡丹拜別完家人，就在阿福的攙扶下上了汽車，往洋樓的方向回去。

看著女兒離去的背影，在山路中漸漸遠去。

金發雖難過，卻安慰著老母親，「媽，別難過了，你記得牡丹出生時我跟春英去算的命狀嗎？」

「你說媽祖廟口那個半仙算的嗎？」

「是啊，他說我們牡丹，是開在黑暗中的花，雖然在黑暗中，但是是長命百歲的命格。」

金發邊安慰著老人家，也邊說邊安慰自己。

「這些都是命，都是命啊。」老人只能將希望寄託予算命仙所揭示的那些未知的三言兩語。

而當牡丹到達洋樓時，屋內正進行著激烈的打鬥。

牡丹冷不防地搶走阿福手中的鑰匙，「阿福伯，待會我進去，你在外面就好。」

「我當然也要一起……。」阿福看著牡丹，但牡丹卻淒然地笑著。

「阿福伯，若我們怎麼了，麻煩你幫我們葬在一起，我想永遠跟他一起。」夜晚的風吹著牡丹的鬢角飄著，她笑著拿下耳朵上的那對翡翠耳環，「這個就交給我阿爸，這是我阿母留下來的，我一直沒敢當掉，麻煩你了。」

不顧阿福的阻攔，牡丹迅速跑進屋內，將門鎖起。

只見屋內如同廢墟，兩人像是在無我的狀態一般，打鬥已接近尾聲，佐藤正拿著刀往春生刺去。

她毫不猶豫地、用盡全力跑向春生前方。

那把刀刺穿她身體的剎那，她腦中忽然想起了那個雨天，在城隍廟，春生替她摘掉頭髮上香灰的樣子。

他冰冷的手，卻使她的人生不再冰冷。

即使這個世界的所有命運對他殘忍，即使這些事情把他變成一個一聲活在黑夜的妖怪，但她還是想朝他走去。

那個看似總是滿臉笑容的男人，也只是一個孤獨淒涼的人罷了。

或許那雙冰冷的手在拉起自己的那刻，自己就喜歡上那個人了吧。

倒下的瞬間，春生從身後接住了她，她抬頭仰望的最後印象是春生望著自己驚嚇、害怕的眼神，她想安慰他卻什麼話也說不出。

鮮血從牡丹的身體中汩汩流出，即便生命即將就此終結，她終於守護了所愛的人。

此刻的她，終於知道母親的答案了。

守護自己所愛的人，變得堅強、勇敢，這是女人一生最幸福的事。

她成為了如同母親一樣，感到幸福的女人。

死而無憾。

七　終焉

當牡丹再次轉醒睜開眼時，全身感覺極其虛弱，沒有一絲力氣。

此時映入眼前的是趴在一旁熟睡的春生，她艱難地想坐起身時驚醒了他，春生連忙走到一旁倒了杯水過來。

牡丹在接過水杯時，發現春生的手不再冰冷，她連忙握住春生的手，「你的手……。」

春生點點頭，對她溫柔地笑著。

牡丹瞬間像是明白了什麼般看向室內各處，原來總覺得漆黑的房子裡，忽然變得像是白天一般明亮。

「別動，我找神父過來。」春生摸了摸她的頭，跑出了房間。

牡丹望著房間的景物，接著望著自己的雙手，比之前更加蒼白的雙手。

在昏死前的記憶一點一滴地從腦中甦醒了過來。

春生還活著，她用力地捏了自己，依然感受得到痛覺。

這些真的不是夢，她開心地坐了起來，卻感到一陣暈眩。

「別這麼激烈起身啊……。」走進門的神父看著牡丹忽然地坐起嚇了一跳，連忙阻止。

「我太歡喜了。」牡丹有些不好意思地說。

「孩子，妳曉得，這代表的是什麼嗎？」神父慎重地問牡丹。

「我……我知道。」牡丹點了點頭。

「對不起，為了我，妳也變成這樣見不得光的……。」春生愧疚地握著她的手。

「我沒關係。」牡丹虛弱地笑著說。

兩人又和神父聊了一會後，阿福已準備好晚餐，他一見到牡丹醒來便端出早早燉好的補品。

「夫人，以後別這麼亂來了。」阿福忍著，差點老淚縱橫地對牡丹說。

「阿福伯，以後叫我牡丹，把我當晚輩吧。」牡丹在春生的攙扶下，坐在圓桌的一隅。

「在主之下，我們都是一家人。」眾人一同圍在餐桌前隨著神父禱告。

夜裡，春生與牡丹一同躺在床上。

就像一切都尚未發生一樣，兩人都藏有許多話想說，但卻又似乎盡在不言中，沉默持續了許久，月桃花的香味順著夜色潛入房中。兩人看著彼此，瞳孔中倒映著對方在油燈下的臉孔，眼中只有彼此。

「以後別把我丟下。」牡丹終於先開口，緩緩地、哽噎地說。

「嗯。」春生點了點頭。

兩人又沉默了一陣，春生翻了個身，望著牡丹。

牡丹別過頭，不想讓春生看見自己的眼淚。

「以後一直在一起吧。」春生抓住牡丹在棉被中的手，牡丹背著他點點頭。

春生從牡丹身後抱著她，牡丹輕輕回過頭，看著他也凝視著自己，有些害羞。

「我想過了，」春生少在牡丹耳邊說，「我們離開台灣，去別的地方看看吧。」

「去哪裡呢？」

「哪裡都可以。」

兩人就這樣討論著，最後緩緩地進入夢鄉。

就像平凡的夜晚，就像平凡的夫婦，在寂靜夏夜之中做著平凡的夢。

當天夜裡下了場雨，雨落在芭蕉的葉片上，在漆黑的夜中反射著月光，閃閃發光。

他們最終成為了夜裡的光，映照著彼此。

一九四四年，戰爭終究席捲了台灣島，這座島進入了更加嚴苛的戰爭階段。

物資及思想遭到嚴格管控，人民過著更加艱困的生活。

掠奪、奴役，還有日常中的壓榨更加如影隨形。

有些人拋棄了姓名、有些人不再信仰原本的神、而有些人失去了生命。

戰爭總是以美好的幻想包裝、以崇高的演講激勵著人們奉獻，那些國家神教下豢養著信奉的信徒、以及受到信徒奴役的賤民。

赤玉的時代之下，夾縫旮旯之中的人民如牆垣碎粉般活著。

吳照子的兒子滿月當天，與親朋好友簡單辦了場滿月宴，而同時也是丈夫要去從軍的歡送會。她無法抱著開心的心情籌辦這次的滿月宴，在宴席上她不斷地忍住眼淚，必須珍惜與丈夫出征前最後的相處時光。

當天夜裡，丈夫與家人喝得醉醺醺地，早已睡去。

而照子卻悄悄披起外衣，拿了兩顆紅蛋便偷偷地走到街口。

「妳來了。」照子看見牡丹，什麼也沒說，先塞了兩粒紅蛋到她冰涼手中後，終於忍不住流下兩行淚。

「別哭了，堅強起來，妳還有俊文要照顧。」牡丹握住她溫熱的手說。

「最近我總是想起當年妳出嫁前，我們一起過的新年。」照子搖搖頭，牡丹拿出手帕輕輕擦去她眼角的淚，「人生怎麼會這麼無情呢？」

「他會好好地回來的。」牡丹擁著照子，拍拍她的背說。

照子收起眼淚，搖了搖頭，「別說我的事了，妳說你們要離開台灣多久？」

「不知道，但總有一天會回來的。」牡丹笑了笑，月光打在她的臉孔特別地慘白。

此時牡丹身後走來個與她相同慘白的男人，他彬彬有禮地與照子打了招呼。

「記得給我寫信啊。」照子努力地擠出了笑容，「一路平安。」

她與牡丹互相望著對方，卻像是說了千言萬語般了然，牡丹對著她點點頭，提起行李向她告別。

此時的台灣，逐漸進入秋季，夜晚也漸漸地升起一股涼意。

照子就這樣看著牡丹夫婦的背影在月光下拉著長長的影子離開了街道後，緩緩地回到了房中，依偎在充滿酒氣的丈夫身邊睡下。

她緊緊擁抱著他，像是鬆了手就會消失般，握著他粗糙的手與溫熱體溫。

自此，這個街庄逐漸遺忘山上那座洋樓鬧鬼的傳說，隨著戰事加緊，鬼的蹤跡自然無人在意，人們更加在意的是生活中的溫飽。

而那名嫁給鬼的新娘，如今仍然與她的丈夫在某處安靜地生活著吧。

就像這個時代其他平凡的人們一樣，在沉默寂寥的現世中，為了所愛的人活著。

有些人的生命落幕，有些生命才剛起始。

有些事情獲得原諒，但有些悲痛沒有終結。

這個世界從來沒有答案，也沒有對錯，只有人們在世間紊亂複雜地糾結纏繞。

國家、自由、生命、和一切虛無縹緲的痛楚。

他們站立在這片土地，生來赤身露體，死去亦影單形隻。

故鄉的風景與榮枯在人們的悲歡之中不斷更迭，綿長的道路沒有終結。

包裹著胎衣，安靜地降生在這裡。

人生如夢境，虛幻地活在世代裡。

一生在黑夜裡，顛沛流離，在不斷孤獨的人生裡，翻雲覆雨。

野火燃燒不盡，她的真理，在她們死後的人生裡，盛開的心。

（完）

鏡小說 033

牡丹

作者：陳乃雄
責任編輯：王君宇、劉子菁
協力編輯：陳彥廷
責任企劃：林宛萱

主編：劉璞
副總編輯：鄭建宗
總編輯：董成瑜
發行人：裴偉

出版：鏡文學股份有限公司
11070 台北市信義區東興路 45 號 4 樓
電話： 02-6633-3500
傳真： 02-6633-3544
讀者服務信箱： MF.Publication@mirrorfiction.com

總經銷：大和書報圖書股份有限公司
242 新北市新莊區五工五路 2 號
電話： 02-8990-2588
傳真： 02-2299-7900

封面插畫：姜晴紋（渣子 JAZ）
裝幀設計：江佑祥
內頁排版：宸遠彩藝有限公司
印刷：漾格科技股份有限公司
出版日期： 2020 年 5 月 初版一刷
ISBN： 978-986-98868-3-3
定價： 320 元

國家圖書館出版品預行編目 (CIP) 資料

牡丹 / 陳乃雄著. -- 初版. -- 臺北市：鏡文學, 2020.05
200 面；13×21 公分. -- (鏡小說；33)
ISBN 978-986-98868-3-3 (平裝)

863.57　　109006344